Bitte prüfen Sie, dass die CD beim Kauf hier eingeklebt ist.

Die Meditations-CD zum Buch
ICH-BIN-Meditation

Inhalt:

1. ICH-BIN-MEDITATION

aufgenommen und bearbeitet im Tonstudio Salon Elegance Bochum
CD Herstellung: Starkidmusic Bochum
Hintergrundmusik Auschnitte aus „Golden Sea of Galilee" ©
mit freundlicher Genehmigung des Bea Musik Verlages
**Original „Golden Sea of Galilee" ISBN 3-934288-07-03
erhältlich bei Das Lichtzentrum-Verlag**

Alle Rechte vorbehalten. Vervielfältigung, Kopie und Verleih des Tonträgers sind nicht erlaubt.
Hinweis: Die aufgespielte Meditation ersetzt keine ärztlichen Therapien.

Buch „Die Gnade erfahren" inklusiv Meditations-CD
ISBN 3-9809014-1-6

Wichtiger Hinweis:

Alle im Buch genannten und gechannelten Heilaussagen
beziehen sich auf unser höheres Selbst. Dies ist
unser Bewusstsein auf Seelenebene.
Alle Heilaussagen betreffen daher energetische
Heilweise in unserer Aura und Kraftfeld.
Oftmals sind die Disharmonien so groß, dass
je nach Bewusstseinsstand physisch
eingegriffen werden muss.

Alle genannten und gechannelten Heilweisen
ersetzen keine ärztliche Therapien!

Für alle von den Lichtwesen übertragenen Heilweisen
kann keine Garantie übernommen werden.
Sie hängt auch vom eigenen Glauben, Vertrauen, Wahrheit,
Klarheit, Mut und Mitarbeit ab.

Bei Unklarheiten ist es jederzeit ratsam, einen Arzt
oder Heilpraktiker aufzusuchen.

Die Gnade erfahren

Band II der Schriftenreihe:
Übergang in die neuen Energien

Titelbild „Der Friedensfürst"
mit freundlicher Genehmigung von Hans Georg Leiendecker

ISBN 3-9809014-1-6

Erstauflage
2003

Die Gnade erfahren
Band II der Schriftenreihe: Übergang in die neuen Energien
Durchsagen empfangen auf dem geistigen Weg

© by René Wagner

Umschlaggestaltung: Reichert Druck
Umschlagdruck: Reichert Druck
Buchdruck: Das Lichtzentrum Verlag

Buchbestellung, Verlagsverzeichnis

Das Lichtzentrum-Verlag

Verlag & Versand
Langschieder Weg 11 a
65321 Heidenrod

☎ 0 61 24 – 72 58 42
Faxbestellung: 0 61 24- 72 58 41
Email: info@das-lichtzentrum.de

oder über:

Onlineshop:

www.das-lichtzentrum.de

Das Lichtzentrum-Verlag ◆ Alle Rechte vorbehalten.

ISBN 3-9809014-1-6

Wahrheiten für deinen Aufstieg

Liebe Leserin, lieber Leser, es entspricht meiner Wahrheit, dass es kein Zufall ist, dass du dieses Buch liest. Jeder Mensch hat seine eigenen Wahrheiten. Diese sind heilig. Sie dienen einem höheren Zweck, das habe ich gelernt. Oft versteht man sie nicht. Wahrheiten ändern sich so, wie man sich selbst verändert und weiterentwickelt.

Im JETZT und ICH BIN EINS MIT ALLEM sowie dem ICH BIN die/der ICH BIN Zustand versteht man die Zusammenhänge aller gesammelten Wahrheiten. Ich wünsche mir aus meinem tiefsten Herzen und aus meinem ganzen SEIN, dass WIR ALLE diesen Zustand erfahren und leben.

Ich bin 1972 in Wiesbaden geboren und habe seit dieser Zeit viele Wahrheiten durchlebt und durchlebe sie. Es entspricht meiner Wahrheit, dass WIR ALLE den Zustand der UNABHÄNGIGKEIT von Macht, Materie und Unterdrückung erfahren.

Dies erreichen wir durch die Transformation und glaubt mir, auch ich transformiere zur Zeit ziemlich heftig. Da müssen wir aber alle durch. Gemeinsam werden wir es erreichen!

Wie wahrscheinlich die meisten von euch hatte ich eine schwierige Zeit, bevor ich meinen Lichtweg gefunden habe. Oftmals führen große „Tiefs" in unserem Leben zur spirituellen Entwicklung. Aus diesem Grund habe ich gelernt, dass alle schwierigen Lebensabschnitte eine Bereicherung für unsere Entwicklung sind.

Ich wünsche euch von ganzem Herzen

viel Licht auf eurem Lichtweg!

In Liebe von Herz zu Herz.

Die Gnade erfahren

Das Licht kennt keinen Anfang und kein Ende.
Das Licht kennt keinen Abschied.
Das Licht ist, was es ist: Licht.

Jesus Christus 12.05.2003

Dein Herz ist frei,
hab den Mut ihm zu folgen.

Ausspruch im Film „Braveheart"

Auch in meinem zweiten Band
möchte ich euch auf diesem Weg danken :

Der Quelle Gott Vater/Mutter weil sie alles erschafft und leitet.

Christus für seine bedingungslose Liebe und Hilfe.

Allen Lichtwesen, speziell denen, die bei der
Entstehung dieses Buches mitgewirkt haben.

Allen Lesern.

Andy für seine grenzenlose Geduld.

Vielen Dank an meine **Mutter** für ihre Unterstützungen.
Viel haben wir erlebt und durchlebt und doch immer
zusammengehalten. Danke dir dafür.

Vielen Dank auch an meinen **Vater**. Durch dich konnte ich
vieles lernen und verstehen. Ich weiß, dass du mich
überall sehen und hören kannst.

Besonderer Dank gilt **Marlies, Adi, Sigrid, Ulla** für eure Hilfe
und Unterstützung.

Lieben Dank an dich **Bea** für deine Hilfe und die
wunderschöne Musik.

Lieben Dank an **Hans-Georg Leiendecker** für deine Bilder.

Es ist schön, dass wir uns „wiedergetroffen" haben und
eine Bereicherung, euch als Freunde zu haben.

Danke auch an alle, die mir bei der Entstehung
dieses Buches geholfen und mich „ermutigt" haben.

Vielen Dank!

Inhaltsverzeichnis

Die sieben kosmischen Gesetze und das Gesetz der Erde

Die sieben karmischen Verstrickungen in uns

Die beiden Kontrollmechanismen des Karmas

Das Gesetz des Äthers

Die Transformation – Wandlung ins Licht

Das Karmaspiel und die Reflexionen in unseren Zellen und Genen

Die zwölf Familienstämme

Die Heilung der Generationslinie und die Rolle der Neuzeitkinder

Der Unterschied zwischen von dichter und lichter Materie

Umwandlung der dichten Materie in lichte Materie

Visualisierung und Fokussierung von lichter Materie

Die Erkenntnis der ICH-BIN-Schöpfergegenwart in uns

Frieden schließen mit den „unheiligen" Kräften

Das Ende der Maskerade und das Schwert der Wahrheit und Klarheit

Die Reinigung des Vierkörper-Systems und die kristallinen Energien

Der große Frequenzausgleich axial und horizontal

Die transformatorischen Strahlen

Die globale Transformation

Channelings Durchsagen

- Saint Germain – Projekte der Zukunft
- Ashtar – Die zwei neuen kristallinen Gitter
- Erzengel Zadkiel – Die große Transformation der Erde durch uns
- Sananda – Rückführung in das Licht
- Erzengel Michael – Die Zeichen am Himmel

Die große Harmonie am 08. und 09. November 2003

- Die Botschaft von Christus – lasst den hohen Geist sprechen

Zusammenfassung - Ein Wegweiser um die Gnade zu erfahren

Verlagsverzeichnis

Die sieben kosmischen Gesetze und das höchste Gesetz der Erde

Wenn wir mal alle ehrlich sind, sind wir oft zunächst auf der Suche, ohne zu wissen, *was* wir suchen. Diese Suche kann mehrere Leben dauern oder auch in einem Leben verstanden werden.

Die Suche äußert sich meist im „SICH-Sicher-Fühlen" oder im „Innerlich nach Hause Finden". Dazu gibt es unzählige Wege. Alle Wege führen allerdings dazu, alles in uns selbst zu entdecken, das heißt, *sich mit sich selbst auseinander zu setzen* und sich selbst zu verstehen.

Warum bin ich hier auf der Erde und wer oder was bin ich?

Um die Durchsagen der geistigen Lichtwelt und auch unsere eigene Suche besser verstehen zu können, ist es von Vorteil, die grundlegenden Gesetze des „Seins" zu kennen. Die Erkenntnis dieser Gesetze eröffnet in uns viele Fragen, genauso wie unzählige Fragen beantwortet werden.

Nachfolgend werde ich die sieben grundlegenden kosmischen Gesetze vorstellen, um eine Möglichkeit aufzuzeigen, sich selbst in der Rolle des „Seins" zu entdecken.

1. kosmisches Gesetz:
Sowohl oben – als auch unten

Was bedeutet dieses Gesetz?
Genauso wie wir hier in der physischen Welt leben, lernen und kommunizieren, genauso existieren wir auch in höherer Form in den Bereichen des Äthers, der hohen geistigen Lichtwelt. Diese Anteile von uns existieren genauso oben, wie wir hier als Anteil auf dieser Erde unten. Jeder Mensch hat ein höheres Selbst (höheres lichtvolleres Bewusstsein), mit dem er in Kontakt treten kann. Das Kollektiv aller „höheren Selbste" bildet die geistige Lichtwelt.

Wir sind also multidimensionale Wesen, die sowohl „oben – als auch unten" miteinander verbunden sind, um ganzheitlich zu lernen.

So wie alles im Lernen und Erleben hier auf der Erde aufgebaut ist, so ist es auch „oben" in der geistigen Lichtwelt und in Parallelwelten (Astralwelt, Ätherwelt) aufgebaut. Alles dient dem Sein und Lernen, allerdings wird das Lernen durch die lichtvollere Variante von „oben" für unser Leben hier auf der Erde „unten" einfacher und schöner gestaltet.

Was können wir aus diesem Gesetz lernen?
Wir dürfen lernen, dass wir auch die geistige Lichtwelt (oben) als Teil des Ganzen anerkennen, so wie wir uns als Menschheit anerkennen. Die geistige Lichtwelt ist der obere Teil (höheres Selbst) von uns, so wie wir ein Menschenkollektiv mit aller Materie, allen Gedanken und allen Kräften bilden, so bilden wir im höheren Bereich

außerhalb der Materie ein Kollektiv mit Licht, allen Gedanken und allen Kräften - statt Materie.

Das Gesetz lehrt uns auch, dass wir multidimensionale Wesen sind, die sich in Anteilen sowohl oben als auch unten ausdrücken. Wir sind ein Teil des Ganzen. Wir sind ALL-IN-EINS.

Wir sind ein Teil der geistigen Lichtwelt und des Ganzen, sowohl oben – als auch unten.

ICH BIN ein Teil der geistigen Lichtwelt und des Ganzen, sowohl oben – als auch unten.

Wie können wir es für uns umsetzen?
Zunächst geht es darum, dieses Gesetz für uns zu verstehen und anzuerkennen!
Wenn wir es für uns verstanden und integriert haben, ist der nächste Schritt die Verbindung zwischen oben und unten herzustellen. Wie nimmt man nun diesen Kontakt auf? Wir sprechen verschiedene Sprachen hier auf dieser Erde, um uns miteinander auszutauschen. Genauso ist es mit der geistigen Lichtwelt und unserem „höheren Selbst". Die Sprache unseres höheren Selbstes ist die Intuition, denn alles, was man nicht bewusst „erdenkt" und was liebevoll von unserem Anteil oben geführt wird, kommt bei uns intuitiv an. Wir handeln intuitiv richtig, ohne zu wissen warum.

Der nächste Schritt ist, das „intuitive Gespräch" in der geistigen Anbindung häufiger zu führen. Das erreichen wir z.B. durch Meditation, autogenes Training und innerer Ruhe. Nur bei der inneren Ruhe können wir in uns selbst „hineinhören". Bei äußerem Trubel, wie zum Beispiel in einer Diskothek, können wir unmöglich eine ruhige Unterhaltung führen.

Diese Form der Unterhaltung ist der erste Weg zu „geistigen Durchsagen" und sie können nur liebevoll und zu unserem besten Wohl sein, denn sie entsprechen unseren eigenen höheren Anteilen (aufgestiegenen Lehrern, Meistern, Engeln und hohen Lichtwesen).

2. kosmisches Gesetz:
Wie im Mikrokosmos –
so auch im Makrokosmos
(sowohl innen – als auch außen)

Was bedeutet dieses Gesetz?
Genauso wie wir hier als Menschheit auf dieser Erde existieren, genauso existieren wir als Anteil von uns in anderen Parallelwelten (Astralwelt, Ätherwelt).

Genauso wie alles Leben auf dieser Erde existiert, genauso existiert es in anderen Bereichen des Universums.

Genauso wie du in deiner eigenen inneren Welt lebst (dein Leben), genauso existierst du außerhalb in deiner Umwelt.
Auch bei diesem Gesetz erkennen wir, dass wir multidimensionale Wesen sind und unsere Anteile in verschiedenen Welten leben.

Genauso wie wir hier auf der Erde leben, genauso existieren wir auch in Parallelwelten. Genauso wie oben und unten Anteile von uns sind, genauso sind sie auf der Erde, so auch in Parallelwelten (Astralwelt, Ätherwelt).

In allen Dimensionen des Seins existieren Anteile von uns. Selbst in den „unteren" Astralwelten, in denen die Lernaufgaben besonders schwer sind. Im Vergleich zu den lichtvollen Ätherbereichen ist das Lernen in den Bereichen der materiellen Welt (Erde) und in den unteren Astralbereichen oft schwer, da wir uns mit unseren Ängsten, Zweifeln und mit der Abgetrenntheit vom Licht etc. auseinander setzen, um diese Aspekte zu lernen. Unser Ziel ist, diese Aspekte zu lernen, integrieren und zu transformieren, um irgendwann zu unserem eigentlichen Zuhause zurückzukehren.

Das Gesetz bedeutet für uns auch, dass innerhalb eines physischen Körpers Atome existieren, die auch außerhalb von uns sind. Wir sind Atome und alles um uns bis in unser Weltall ist aus Atomen. In uns besteht ein wunderbar funktionierender Mikrokosmos, alles um uns ist derselbe wundervolle Makrokosmos.

So wie meine innere Welt in (Un-)Ordnung ist, so ist auch meine äußere Welt in (Un-)Ordnung. Bringe ich einen Teil von mir in (Un-) Ordnung – so ist auch meine äußere Welt in (Un-) Ordnung. Da alles im Mikro- und Makrokosmos miteinander verbunden ist, hat meine innere Welt also einen erheblichen Einfluss, bis in das Universum. Ordne ich mich, so ordne ich das Universum.

Aus diesem Grund werden wir von den Lichtwesen
(unseren höheren lichtvollen Anteilen) so geliebt!

Wir haben als Menschen die absolut freie Wahl, uns für oder gegen das Licht zu entscheiden. Durch die Erkenntnis für das Licht in uns und die Entscheidung zur Transformation der Lichtverweigerung in uns, wird das gesamte Universum in Licht umgeordnet.

Was können wir aus diesem Gesetz lernen?
Wir dürfen aus diesem Gesetz lernen, dass Anteile von uns in Parallelwelten existieren. Ebenso dürfen wir lernen, dass wir Mikro- und Makrokosmos sind.

Dieses Gesetz lehrt uns, dass alles, was in mir ist, auch außerhalb gespiegelt wird (siehe **Resonanzgesetz** im Band I Übergang in die neuen Energien).

Alles, was wir in unserem Inneren positiv verändern, verändert sich auch außerhalb.

Dies alles ist sowohl in uns – als auch außerhalb von uns.
Dies alles ist sowohl in dir – als auch außerhalb von dir.
ICH BIN meine innere Welt und *ICH BIN* meine äußere Welt.
ICH BIN der Mikrokosmos und *ICH BIN* der Makrokosmos.

Wie können wir es für uns umsetzen?
Als Erstes geht es auch hier wieder darum, dieses Gesetz für uns zu verstehen und anzuerkennen! Wenn verstanden haben, dass es Parallelwelten gibt, dass wir eine innere Welt (in uns) und eine äußere Welt (um uns) haben, ist der nächste Schritt, alles in uns zu ordnen und zu transformieren.

Durch die innere Ordnung kann sich alles außerhalb ordnen. Dazu ist es notwendig, nicht auf andere zu schauen und abzuwarten, bis alles besser wird, sondern im ersten Schritt *in sich* zu schauen. Was kann ich *in mir* ändern, verändern oder ordnen?

Ordne zum Beispiel deine Einstellung, Vorstellung, Gedanken und Bewertungen über deine Familie positiv neu und deine Familie wird sich positiv neu ordnen.

Ordne zum Beispiel deine Einstellung, Vorstellung, Gedanken und Bewertungen über deine Arbeit positiv neu und deine Arbeit und das Arbeitsumfeld, wird sich positiv neu ordnen. Dies kann auch zum Verlust der Arbeit führen, sodass dadurch etwas Neues entstehen kann.

Ordne zum Beispiel deine Einstellung, Vorstellung, Gedanken und Bewertungen über deine finanzielle Versorgung positiv neu und dein Einkommen wird sich positiv neu ordnen.

Ordne zum Beispiel deine Einstellung, Vorstellung, Gedanken und Bewertungen über deine Gesundheit positiv neu und das gesamte Gesundheitswesen um dich herum wird sich positiv neu ordnen.

Dies erfordert Mut, Glauben, Vertrauen, Wahrheit, Klarheit und vor allem Geduld für dich selbst.

Ihr seht, dieses Gesetz kann man in unendlich vielen Bereichen bei sich selbst durch Neuordnung anwenden wodurch positive, lichtvolle Umwandlung (=Transformation) geschieht.

3. kosmisches Gesetz:
Wie im Kleinen – so auch im Großen

Was bedeutet dieses Gesetz?
So wie eine kleine Amöbe existiert, so existiert auch eine große Giraffe.

So wie unsere Erde aus Atomen besteht, so besteht das Universum aus Planeten.

So wie die Planetenkonstellation einem Astrologen wichtig für die Erstellung eines Horoskopes ist, so ist diese Planetenkonstellation wichtig für das gesamte Universum.

So wie ich meine eigene kleine Welt für mich positiv gestalte, so gestaltet sich auch meine gesamte Umwelt positiv.

So wichtig, wie eine Zelle in meinem Körper ist, so wichtig bin ich auch für die gesamte Welt.

Wenn alle meine Zellen im Gleichgewicht sind, dann ist auch mein Körper im Gleichgewicht.

So wie ich ein Teil meiner Gemeinde bin, so bin ich ein Teil der Menschheit.

So wie ich mein eigenes höheres Selbst habe, so bilden die gesamten „höhere Selbste" all meiner Mitmenschen die geistige Lichtwelt.

So wichtig, wie meine Meinung über das Weltgeschehen ist, so wichtig ist auch die Entscheidung eines großen Landes.

Was können wir aus diesem Gesetz lernen?
Dieses Gesetz lehrt uns unser Selbstvertrauen. Oftmals ist unser Selbstvertrauen nicht so hoch, denn wir sagen: Wenn die Politiker das nicht umsetzen können, wie soll ich kleine(r) Frau/Mann das umsetzen? Im Prinzip mag das im ersten Anschein auch stimmen, auf der anderen Seite, fragt euch, wie große Reformationen umgesetzt wurden. Wer oder was war der Auslöser? (Beispiel: Gandhi, Martin Luther, Gorbatschow, Martin Luther King, Nelson Mandela und viele mehr .)

Der feste Wille und das Selbstvertrauen einer einzigen Person sind Grundlagen für die friedliche Erreichung eines Zieles für eine ganze Gruppe von Menschen oder für ein Land. Das Kleine, wenn es genug Selbstvertrauen hat, kann Großes bewirken.

Das Gesetz lehrt uns in der Ausführung unserer Herzqualitäten (siehe **Herzqualitäten** nach Bergpredigt im Band I). Liebe, Toleranz und Mitgefühl sind ein Teil der Herzqualitäten. Dieses Gesetz lehrt uns, unsere Herzen zu öffnen für die Amöbe, sie für ihre wichtige Daseinsform zu akzeptieren, genauso wie eine Giraffe in ihrer Schönheit zu lieben.

Eine Sache durchzusetzen mit unseren Herzqualitäten unter Beachtung der Rechte des „Kleinen" und des „Großen", bedeutet eine friedvolle Auseinandersetzung zum Erreichen von Zielen, ohne kriegerische Maßnahmen.

Das „unscheinbare" Kleine ist genauso wichtig, schön und liebenswert wie das „augenscheinliche" Große. Alles ist wichtig, nichts sollte überhört, übersehen oder übergangen werden. Das Kleine wird Großes bewegen. Keiner der beiden Aspekte kann ohne den anderen leben.

Es lehrt uns auch, nicht negativ zu bewerten. Wie können wir eine Spinne zertreten, weil sie klein und hässlich für uns aussieht und einen bunten Vogel bewundern, weil er so schön ist. Was wäre, wenn wir alle kleinen „Schädlinge" mit unseren Giften vernichten? Wie viele bunte Vögel würden morgen noch singen, während sie verhungern? Was ist wichtig, der „Schädling" oder der Vogel?

Alles gehört in sich zusammen, ob klein oder groß. Nichts ist weniger wert oder unwichtig, denn alles ist ein Teil des Ganzen.

ICH BIN wichtig, denn ich bin ein Teil des Ganzen.
ICH BIN im Einklang und in Liebe, ob im Kleinen oder im Großen.

Wie können wir es für uns umsetzen?
Wieder ist der erste Schritt das Verstehen und Anerkennen! Wenn wir für uns verstanden und integriert haben, dass alles wichtig ist, dann wäre der nächste Schritt die kleinen Dinge, die wir oftmals nicht wahrnehmen, nun bewusst wahrzunehmen und zu akzeptieren.

Dieses Gesetz lädt uns dazu ein, unser Selbstvertrauen zu erhöhen, denn wir sind ein Teil und wichtig für das Ganze.

Es lädt uns auch ein, unsere Form der Bewertung neu zu gestalten. Die Meinung eines Kindes ist genauso wichtig, wie die Meinung eines ganzen Landes.

Es verdeutlicht auch, unsere Herzqualitäten neu zu leben, um zum Beispiel der „hilflosen Person mit Alkoholflasche" auf der Straße genauso zu helfen und sie zu verstehen, wie uns die Interessen unserer Stadt berühren. Die gesamte Stadt könnte vielleicht gerade durch diese Person in der Zukunft verändert werden, wer weiß .?

4. kosmisches Gesetz:
Wie im Sichtbaren- so auch im Unsichtbaren

Was bedeutet dieses Gesetz?
Magnetische Energien können wir nicht sehen und dennoch sehen wir, wie sich zwei Magnetkugeln anziehen oder abstoßen.

Die geistige Lichtwelt, unser höheres Selbst, können wir nicht sehen und dennoch erfahren wir Führung und Unterstützung.

Hellsichtigen Menschen glauben wir oft nicht und dennoch bestaunen wir ihre gemalten Bilder aus der Lichtwelt.

Energetische Heilverfahren wie z.B. Heilung in der Aura, Reiki, Kinesiologie, Homöopathie, Akkupunktur, Clearings und vieles mehr wird „belächelt", da wir die Kräfte oder Lichtstrahlen (noch) nicht sehen können, und dennoch werden Menschen dadurch heil.

Menschen, die sich als Medium für die geistige Lichtwelt zur Verfügung stellen, werden belächelt oder verurteilt und dennoch erfahren viele Menschen Botschaften, die unmöglich aus dem Wissen des Mediums stammen können.

Biophotonen, Lichtstrahlen und die kristallinen Energien des neuen Erdgitternetzes sind nicht sichtbar und dennoch wirken sie in den Menschen, Tieren, Pflanzen und Mineralien.

Die Elemente als Kräfte sind nicht sichtbar und dennoch gibt es Winde, Wellen, Erderschütterungen und Feuer.

Unseren Ätherkörper und die Aura können wir nicht sehen und dennoch sind der Ätherkörper und die Aura ein Abbild des physischen Körpers und sie drücken sich darin aus.

Energien von „verstorbenen" Menschen wirken noch immer hier, bis wir unsere Generationslinie geordnet, integriert und geheilt haben, obwohl wir sie nicht sehen können. Sie sind zum Teil unsere Ahnen, Brüder und Schwestern. Wir können sie nicht sehen und dennoch sind sie zum Teil energetisch hier in Zwischenwelten.

Was können wir aus diesem Gesetz lernen?
Vieles! Wie oben bereits ausgeführt vieles! Zunächst ist es auch bei diesem Gesetz wichtig, es für uns zu verstehen und anzuerkennen!

Doch oft liegt da „der Hase begraben". Ist es nicht so, dass alles, was wir nicht sehen, riechen, fühlen oder anfassen können, für uns nicht existent ist?

Alles, was für uns nicht existent ist und dennoch „behauptet" wird, löst leider noch Ängste, Wut, Belachen und Unverständnis aus. Ich denke, viele unserer Wissenschaftler sind froh, dass das Mikroskop erfunden wurde. So konnten viele „Behauptungen", die in vergangenen Leben noch den Kopf kosteten, nun als Fakt gezeigt und somit bewiesen werden.

Heilung in der Aura, Reiki, Kinesiologie, Homöopathie, Akkupunktur, Clearings Channeling und vieles mehr . Leider ist der Anteil derer, die solche Formen der aufgeführten energetischen Arbeiten mehr oder weniger stillschweigend belächeln oder noch gar nicht kennen, noch der größte Anteil.

Oft ist es auch so (und dies soll allen Mut machen, die dieser Arbeit nachgehen), dass alles „Unsichtbare und somit nicht Beweisbare" *zunächst* oft zu Unsicherheit und Rückzug im Bekannten- , Freundes- oder sogar Familienkreis führt. Das kann unter Umständen sogar *zunächst* sehr einsam machen und man fühlt sich allein oder möchte auch allein sein. Was bedeutet allein sein? Es bedeutet *ALL-EIN-SEIN*.

Hier findet man *in sich* die nötige Ruhe und Kraft, um weiterzumachen und ich ermuntere trotz mancher grauen Tage jeden, weiterzumachen!!!

Warum? Weil ich das Wort *„zunächst"* bewusst fett geschrieben habe.

Wie können wir dieses kosmische Gesetz für uns umsetzen?

Eine kleine Geschichte über einen „einsamen" Wissenschaftler

Ein Wissenschaftler ohne Mikroskop ist aufgeschmissen, wenn er beweisen möchte, dass in einem Wassertropfen kleine runde Lebewesen sind, die Amöben heißen. Viele Kollegen, Verwandte, Bekannte, ja sogar das ganze Umfeld werden ihn vielleicht sogar als verrückt abstempeln.

Witze über kleine pinkfarbene Amöben, die Fühler haben und mit den Augen schielen, werden in seinem Umfeld laut. Dies kann weh tun und *zunächst* sehr einsam machen.
Die Zeitungen schreiben: „Wir ahnten es schon immer – der Mann ist ein Dummkopf und Betrüger!".
Immer mehr Menschen werden sich zunächst in ihrer Unsicherheit abwenden und der Wissenschaftler ist vielleicht auch alleine. Er ist ALL-IN-EINS mit sich und der Welt, findet Ruhe, Gelassenheit, Glauben, Vertrauen, Wahrheit und Klarheit für sich, er sammelt Mut und bindet sich an sein „höheres Selbst" an. Seine „innere Stimme" sagt: Nimm dir ein Stück Glas und forme eine Linse daraus, dann lasse auf beiden Seiten Licht durchleuchten, das, was du betrachten willst, lege auf eine Glasplatte. Nenne dieses Gerät Mikroskop und gebe das Wissen zu dieser Herstellung weiter . Sein „inneres Auge" (Stirnchakra) sieht sogar die Linse und weiß, wie alles anzufertigen ist.

(So funktionieren übrigens Durchsagen aus der geistigen Lichtwelt. Wenn man dann noch wie ich den Auftrag hat zu „dolmetschen", werden auch Unterhaltungen für andere Mitmenschen möglich)

Innerlich gesagt, äußerlich getan - der Wissenschaftler bastelt dieses Ding und präsentiert es allen anderen Mitmenschen. Zunächst wird diese merkwürdige Apparatur skeptisch beäugelt und Wunder über Wunder: Da ist ja eine Amöbe und - sie lebt und tanzt im Wasser!

Viele Reporter ringen sich nun um den Wissenschaftler. Er ist plötzlich nicht mehr alleine und alle wollen wissen, wie er diese „Zauberapparatur" gebaut hat, wer gab ihm den Tipp und vor allem: Was hat es denn mit den Amöben auf sich? Die Zeitungen schreiben: „Wir ahnten es ja immer - der Wissenschaftler ist ein Jahrhundertgenie!" Einige Leute in seinem Bekanntenkreis werden sagen: „Ich wusste es doch schon immer - die Amöben sind nicht pinkfarben und Fühler haben die schon gar nicht!", andere werden das Bedürfnis haben, sich „für ihr unartiges Verhalten" zu entschuldigen. Wieder andere werden die Amöben studieren und darüber berichten. Es wird zweifelsohne auch Leute geben, die das Ganze als unnötige „Zauberapparatur" abtun werden und distanziert bleiben. Doch Fakt wird sein, der Wissenschaftler wird so schnell nicht alleine sein und viel zu tun haben, der Welt über die Herstellung und Anwendung eines Mikroskops zu berichten.

Diese kleine Geschichte steckt im Wort **zunächst**.

Was hat den Wissenschaftler an sein höheres Ziel gebracht? Der Glaube, das Vertrauen, seine Wahrheit, seine Klarheit, seinen Mut, seine Disziplin zu sich selbst und der „unsichtbaren" Amöbe!

5. kosmisches Gesetz:
Alles ist zyklisch

Was bedeutet dieses Gesetz?
Elektronen bewegen sich zyklisch um den Atomkern.
Wir inkarnieren im Zyklus, um zu unserer Erkenntnis und Vereinigung mit allem was ist zu erlangen.

Die Planeten bewegen sich zyklisch im Universum.

Der Mond bewirkt den Zyklus von Ebbe und Flut, dies entspricht dem Zyklus der Frau.

Alle Kreisläufe in unserem Körper sind zyklisch und zirkulierend.

Im Zyklus machen wir eine Lernerfahrung im „Denken Gottes": Etwa 4,3 Milliarden Jahre, dies entspricht 1 Tag im „Denken Gottes".

Unser festgelegter Zeitzyklus und unsere „irdische" Zeit definiert sich in Sekunde, Minute, Stunde, Tag, Monat, Jahr, Jahrzehnt, Jahrhundert, Jahrtausend.

Wenn ein Zyklus abgeschlossen wurde, muss ein neuer erfolgen!
Nichts beginnt und nichts wird beendet.
Die Definition dazu lautet: JETZT.
Das JETZT ist Vergangenheit, Gegenwart und Zukunft in einem.
Das Zeichen dazu ist das Unendlichkeitssymbol. ∞
Die Zahl ist die 8.
Das Periodensystem der Elemente wiederholt sich in der 8.
Es gibt 88 bekannte Elemente.

Was können wir aus diesem Gesetz lernen?

Das Gesetz lehrt uns, dass nichts umsonst war, ist oder sein wird. Alles hat einen Sinn und alles dient dem Lernen. Alles, was wir noch nicht verstanden, integriert oder geheilt haben, wiederholt sich um uns herum. Dies gibt uns die Gelegenheit es zu lernen. Haben wir es verstanden, entsteht sofort ein neuer Zyklus mit einer anderen Lernaufgabe. Der Zyklus der Inkarnation (Wiedergeburt) wiederholt sich solange, bis wir erkannt haben, in dem jeweiligen Aspekt mit der Erkenntnis des Lichtes und unseres hohen GEISTES innerhalb der Materie zu leben.

Haben wir alle unseren alten Ballast abgelegt, werden wir in eine lichtvollere Form dieser materiellen Welt übergehen. Diese „dichte" Materie wird zur „lichten" Materie (siehe nachfolgende Kapitel) . Dies bedeutet, wir brauchen nicht mehr zu inkarnieren. Diese Form des Zyklus ist dann abgeschlossen. Sogleich entsteht ein neuer Zyklus des Lernens, den wir im JETZT noch nicht kennen, da wir ja noch im alten Lernzyklus stecken.

Dieses Gesetz lehrt uns die Geduld, bis
wir verstanden haben, dass alles zyklisch ist.

ICH BIN im Zyklus mit allem, was ist.

Wie können wir es für uns umsetzen?

Das gelingt uns, indem wir zunächst dieses Gesetz für uns verstehen und anerkennen! Wenn wir es für uns verstanden und integriert haben, ist der nächste Schritt für uns zu begreifen, Geduld für alles zu haben.

Die Geschichte über einen langen Fußmarsch

Das Unendlichkeitssymbol:

Angenommen dieses Symbol ist ein Weg von 70 Jahren Fußmarsch und du beginnst ihn in der Mitte der äußeren Schleife. Voller Tatendrang machst du dich auf den Weg, um das Ende des Weges zu erkunden. Viele Dinge siehst und erlebst du auf dieser Reise. Nach 10 Jahren wächst in dir nun die Ungeduld. Wo ist das Ende der Reise?

Im Mittelpunkt der inneren Schleife erkennst du nach 35 Jahren, dass dir dieser Punkt des Weges irgendwie bekannt vorkommt. Du erinnerst dich an die bisherige Reise und an alle gesammelten Erfahrungen.

Irgendwie findest du auf deiner weiteren Reise innerhalb der inneren Schleife merkwürdig, dass du ähnliche Erfahrungen und Menschen triffst, wie auf deinem bisherigen Weg. Es fällt dir nun leichter mit den bisherigen Erfahrungen umzugehen, doch immer tiefer wird deine Ungeduld. Wo ist das Ende der Reise?

Dein Weg führt dich aus der inneren Schleife wieder in die äußere. Wieder triffst du auf ähnliche Lernaufgaben, du findest es nicht mehr merkwürdig, da du dich bereits daran gewöhnt hast. Viel Wissen und Erfahrung hast du gesammelt. Deine Ungeduld hat sich nun nach knapp 70 Jahren verflüchtigt, da du diesen Weg als Resümee sehr spannend findest. Nach 69 Jahren und 355 Tagen hast du alle Lernerfahrungen abgeschlossen. Allen Menschen verziehen, die dir „Böses" angetan haben. Du liebst die Menschen, da du erkannt hast, dass du vieles lernen durftest.

Ein paar Tage danach triffst du am Ausgangspunkt in der Mitte zurück. JETZT folgt die große Prüfung: Hast du genug gelernt, alles genau erlebt, geliebt und beobachtet?

Nein? Dann hast du nicht alles genau erlebt und geliebt, sonst hättest du deine geliebte Heimat, den Ausgangspunkt wiederentdeckt! So wirst du dich weiter auf die Reise innerhalb dieses Weges machen.

Ja? Du hast alles gelernt? Dann erkennst du die große Acht im JETZT, den Schnittpunkt, die Kreuzung innerhalb der Acht, deine Heimat und deinen Ausgangspunkt. Groß ist deine Freude alles wiederzusehen. Groß ist auch dein Wunsch, etwas Neues zu erleben.

Angenommen, das Unendlichkeitssymbol wäre deine Landkarte und du hättest vor deinem Fußmarsch auf der Karte erkannt, dass es kein Ende gäbe, hättest du diese Reise angetreten?

Nein? Aus diesem Grund inkarnieren wir und lernen immer wieder von vorne. Könnten wir alles überblicken, dann wäre der Lernweg sinnlos.

Durch die Entscheidung etwas Neues zu lernen, wird sich ein neuer, größerer, schönerer Lernzyklus für dich eröffnen. Durch deine gelernte Geduld erhältst du als Geschenk eine neue Zeitdefinition, mit der es lichter und leichter auszuhalten ist: das JETZT!

Das Gesetz lehrt uns den Zyklus und die Geduld, um zu erkennen, dass wir keine Geduld benötigen, da sich alles im JETZT wiederholt.

6. kosmische Gesetz:
Alles was ist, hat ein Bewusstsein

Was bedeutet dieses Gesetz?
So wie eine kleine Amöbe ein Bewusstsein hat, so hat auch eine große Giraffe ein Bewusstsein. Würde die Amöbe sich freiwillig einer Gefahr aussetzen? Meist schwimmt sie weg, dies ist unter dem „Zauberapparat" Mikroskop zu beobachten. Würde die Giraffe sich freiwillig einer Gefahr aussetzen? Lieber läuft sie weg. Beide haben ein Bewusstsein. Beide das elementare Recht auf Leben.

Wenn die Amöbe als winziges Tierchen ein Bewusstsein hat, hat dann ein Virus oder eine Bakterie nicht auch ein Bewusstsein? Unsere Bewertung zu diesen „Dingern" ist

Angst und Bekämpfung. Dazu benutzen wir meist „Antibiotika". Bedeutet das nicht wiederum: „Gegen das biologische Leben"? Sind wir biologisches Leben und wenn ja, warum bekämpfen wir es dann? Etwas anderes stellt die Impfung dar. Sie führt uns bewusst diese Krankheitserreger oder ihre Informationen zu, so dass der Körper und die „Fremdkörper" selbst entscheiden können, was nun geschieht. Hat unsere Wissenschaft nicht schon längst erkannt, dass wir mit der Information „Antibiotika" nicht einen Wettlauf gegen multiresistente Viren oder Bakterien fahren? Ist dies nicht ein bewusster Kreislauf und Machtkampf von Bewusstseinsformen? Ist es nicht so, dass wir leichter anfällig gegen solche Erkrankungen sind, wenn wir überängstlich damit umgehen? Ist es nicht so, dass wir relativ schnell krank werden, wenn wir uns die (unbewusste) Auszeit auf Krankenschein herbeisehnen? Ist es nicht so, dass ein glücklicher Mensch auf seiner Arbeit nicht so oft krank wird. Ist dies vielleicht ein Austausch der Bewusstseine - Menschen - Viren - Bakterien? Ich weiß es auch nicht, es macht mich dennoch nachdenklich.

Der Ausspruch: „Du dummes Vieh – du dummes Viehzeug" zu einem Tier ist eine unnütze Bewertung, die sofort erkannt werden kann, wenn wir genau dieses Tier im Verhalten und Intellekt als solche beobachten.

Wasser hat eine starke Reaktion und ist der größte Informationsträger, den es meiner Meinung nach gibt. Das Wasser verändert sich sichtbar in seiner kristallinen Form, wenn es klassische Musik und Technomusik hört. Die Kristalle verändern sich sichtbar (siehe Buch Masaru Emoto - Die Botschaften des Wassers). Steckt bei dieser Ausdruckform der kristallinen Form und Cluster nicht auch ein Bewusstsein dahinter?

Warum gedeihen Zimmerpflanzen besser, wenn man sich mit ihnen unterhält und ihnen schöne Musik zukommen lässt? Haben diese Wesen ein Bewusstsein?

Sind Menschen, die sich mit einem Bergkristall unterhalten, alle Spinner? Warum ist dann der Computerspezialist, der sich mit Computer unterhält, die wiederum im Kern aus Kristallen und Kupferdrähten bestehen, kein Spinner?

Wenn wir schon bei den Kupferdrähten sind - Metalle und Mineralien, haben sie durch ihre enorme Leitfähigkeit von Kräften (Strom) und Gedanken (Computereingabe), sowie Sprache (Telefon) nicht auch ein Bewusstsein uns zu helfen und zu dienen?

Wir wären alle gut beraten genauer hinzuhören –
sie hätten bestimmt einiges zu erzählen!
(siehe Durchsage Saint Germain im Band I)

Was können wir aus diesem Gesetz lernen?
Dieses Gesetz lehrt, Liebe und Verständnis für alle Ausdrucksformen des gesamten Bewusstseins zu haben. Es lehrt uns langsam und schrittweise, sich auch auf andere Bewusstseine einzustimmen, sie zu erkennen, anzuerkennen und sich vielleicht auch mit ihnen auszutauschen. Dies ist ein tiefer Schritt für uns Menschen, unsere Form der Multidimensionalität zu erfahren und zu leben. Dies kann nur langsam und schrittweise erfolgen.

Es wäre für uns unmöglich, plötzlich alle Bewusstseine in ihrer Form hören zu können. Dies wäre eine Überlastung und eine Sinnesüberreizung.

Doch wenn alles ein Bewusstsein hat, dann werden wir es auch erfahren, sehen und hören können.

Dies bedeutet auch, dass alle Lebewesen nach dem Gesetz der freien Wahl die Möglichkeit haben, sich untereinander zu dienen. Manche Lebewesen haben sich dazu entschlossen, einem anderen als Nahrung zu dienen. Dies ist für den Austausch notwendig und völlig in Ordnung.

Das Gesetz lehrt uns auch, bewusst zu werden, wie wir mit dem Gesetz der freien Wahl und mit anderen Lebewesen umgehen. Es lehrt uns, dass eine Massenvernichtung von Lebewesen mit dem Ziel der Auslöschung ein Verstoß gegen die freie Wahl eines Lebewesens hier auf der Erde ist und zwangsläufig nicht konform mit den „rivalisierenden" Bewusstseinen laufen kann.

Wie können wir es für uns umsetzen?
Voraussetzung ist zunächst wieder das Verstehen und die Anerkennung dieses Gesetzes. Wenn wir es für uns verstanden und integriert haben, können wir uns nur schrittweise über die Bewusstseine anderer Lebewesen bewusst werden.
Dieses Gesetz ist für uns noch schwer erkennbar und umsetzbar.

7. kosmisches Gesetz:
Alles hat einen Körper als Bewusstseinsentwicklungshülle

Was bedeutet dieses Gesetz?
Jedes Lebewesen wählt bei seiner Inkarnation (zu Fleischwerdung) einen Körper, der optimal seinen Lernerfahrungen dienlich ist.

So haben wir unsere Körper frei gewählt, um uns selbst ausdrücken zu können.

Alles ergibt einen höheren Sinn, denn nur so können wir unsere Erfahrungen sammeln. So wählen wir bewusst aus, ob wir innerhalb unserer Dualität hier auf Erden einen männlichen oder weiblichen Körper haben. Wir wählen bewusst vorher aus, in welcher Hautfarbe und in welcher Rasse wir uns ausdrücken möchten.
Wir suchen uns bewusst vorher aus, ob wir behindert sind oder sein werden, ob wir einen kränklichen oder gesunden Körper haben.

Wir haben die freie Wahl hier auf Erden unseren Körper zu verändern, sofern wir nicht in die Evolution eingreifen, wie zum Beispiel durch Veränderung der Gene oder Erbsubstanz. Dies stellt einen absoluten Verstoß gegen dieses Gesetz und alle hohen Gesetze des Kosmos dar, da es absolut nicht dienlich ist. Sollten wir es dennoch nicht lassen können, dies zu tun, werden wir uns selbst durch schwerste Lernerfahrungen „bestrafen", da dies eine erhebliche ordnende Transformation zur Folge hat.

Dieselbe „Bestrafung" legen wir uns selbst durch Bildung schwerster Karmaerfahrungen auf, indem wir eine andere Person gegen ihren freien Willen töten. Der Lernprozess wird dadurch behindert und verlangsamt, da die getötete Person erneut mit uns inkarnieren muss, um die Lernerfahrung abzuschließen.

Es ist wichtig zu verstehen, dass unser physischer Körper hier auf Erden „nur geliehen" ist. Dennoch haben wir die freie Wahl, ob wir uns nun als dicker, dünner oder athletischer Körper ausdrücken möchten. Jede Veränderung der Gedanken- und Glaubensmuster in uns und in unserer Aura wird auch eine Veränderung auf unseren physischen Körper haben.

Jedes Lebewesen, das durch Transformation alter Karmazyklen diesen Prozess der Wiedergeburt beenden möchte, wird diesen Körper (durch Tod) verlassen, um in die Reiche des Lichtes aufzusteigen und feinstofflich zu werden oder es entscheidet sich, als neuer Zyklus hier auf der Erde zu bleiben. Dazu muss der Körper allerdings „transmutieren". Die Transmutation ist der physische Aufstieg und das Gegenteil von Mutation, die den Stillstand und Rückschritt zum Ausdruck bringt.

Die Erkenntnis über dichte und lichte Materie und die bewusste Entscheidung zur Fokussierung (siehe nachfolgendes Kapitel) der lichten Materie führt zum LICHTKÖRPER-Prozess. Dies ist die schrittweise Transmutation der physischen Körperhülle. Alle bisher physisch begrenzenden Energien werden dabei langsam schrittweise umgewandelt in lichtvollere.

Wir werden hellfühlig, hellsehend und hellhörend. Alle begrenzenden Energien werden durch die Transformation in unserem Vierkörper-System (siehe Band I) umgewandelt und drücken sich somit in der Ordnung in unseren Zellen und Genen aus.

Auch diese werden lichtvoller, sodass wir erkennen werden, dass wir nicht zwei, sondern zwölf DNS-Stränge haben. Diese zehn weiteren DNS-Stränge werden im Lichtkörperprozess aktiviert und lösen die Lichtkörperentwicklung aus.

(Mehr zu diesem Thema siehe aktuelle Durchsage von Saint Germain hier im Buch
oder als Buchtipp: „Der Lichtkörperprozess" von Reindjen Anselmi)

Was können wir aus diesem Gesetz lernen?
Das Gesetz lehrt uns, dass wir multidimensionale Wesen sind, die eine Bewusstseinshülle benötigen, um sich physisch auszudrücken. Je höher die physische Welt entwickelt ist, desto perfekter und lichtvoller ist die Entwicklungshülle bis hin zum „Lichtkörper".

Wie können wir es für uns umsetzen?
Auch hier ist der erste Schritt, dass wir zunächst dieses Gesetz für uns verstehen und anerkennen. Wenn wir es für uns verstanden und integriert haben, haben wir nun die freie Wahl mit unserem Körper bewusst umzugehen. Jederzeit haben wir die Mittel zur Fokussierung von Gedanken, um unseren Körper zum Beispiel „schlank zu denken". Dies ist eine schrittweise Umprogrammierung unserer Glaubens- und Verhaltensmuster, die sich zwangsläufig manifestieren wird, sodass wir schlanker werden, weil unsere Gedanken real werden.

Wir haben jederzeit das Hilfsmittel der Transformation, um uns und unseren Körper zu heilen und umzuwandeln.

Wir haben die absolute freie Wahl unseren Körper zu verlassen oder ihn durch Transmutation physisch in eine lichtvollere Umwelt „mitzunehmen". Da wir in tiefer Verbindung mit der Erde stehen (Symbiose), wird die Erde durch die Transformation ebenso transmutieren und eine lichtvolle Umwelt darstellen, in der wir mit dem „fertig transmutierten" Körper leben können.

Dies kann nur schrittweise und im Einklang mit allen Mitmenschen und Lebewesen geschehen und wird lange Zeit benötigen.

Das höchste Erdengesetz aller Lebewesen aus der Sicht der geistigen Lichtwelt für diese Erde lautet:
Alles hat die freie Wahl

Was bedeutet dieses Gesetz?
Absolut jedes Lebewesen auf und in diesem Planeten hat die absolut freie Wahl des Lernens.

Jedes Lebewesen hat hier die freie Wahl sich für oder gegen das Licht zu entscheiden und wird nicht bestraft. Es bestraft sich höchstens selbst, durch weitere Lernerfahrungen.

Jedes Lebewesen hat absolut die freie Wahl sich in seinem Lernprozess auszudrücken.

Jedes Lebewesen hat die freie Wahl über die Erkenntnis von Gut und Böse, Licht oder Schatten, hell oder dunkel im Rahmen der Dualität auf Erden.

Jedes Lebewesen wird für diesen Dienst unermesslich geliebt, da es im Laufe seines Lernprozesses die Dunkelheit in Licht umwandelt (transformiert).

Was können wir aus diesem Gesetz lernen?
- Alles zu lieben, was Teil der Schöpfung ist.
- Die Erkenntnis über „Gut" und „Böse", „Licht und Schatten", hell und dunkel.
- Die Illusion des Todes.
- Die bedingungslose Liebe, da wir alles losgelassen haben, was dies nicht zum Ausdruck bringt.
- Es existiert absolut nichts Stärkeres als Licht und Liebe.

Wie können wir es für uns umsetzen?
Das geschieht, indem wir es lernen, anzuerkennen und zu leben!

Die Reise durch die sieben kosmischen Gesetze und das höchste Erdengesetz führen uns nun zurück auf die zentrale Frage: Warum bin ich hier? **Antwort:** um zu lernen!

Wer oder was bin ich?
Antwort: (am besten selbst für sich laut vorlesen)

ICH BIN ein Teil der geistigen Lichtwelt und des Ganzen, sowohl oben – als auch unten, sowohl innen – als auch außen.
ICH BIN der Mikrokosmos.
ICH BIN der Makrokosmos.
ICH BIN meine innere Welt.
ICH BIN meine äußere Welt.
ICH BIN im Einklang und in Liebe, ob im Kleinen oder im Großen.
ICH BIN Selbstvertrauen.
ICH BIN wichtig, denn **ICH BIN** ein Teil des Ganzen.
ICH BIN im tiefen Glauben und Vertrauen mit den Anteilen des Lichtes.
ICH BIN Glaube.
ICH BIN Vertrauen.
ICH BIN Wahrheit.
ICH BIN Klarheit.
ICH BIN im Mut.
ICH BIN im Licht diszipliniert.
ICH BIN im Zyklus mit allem was ist.
ICH BIN im Einklang und lichtvollen Austausch mit allen Bewusstseinsformen.
ICH BIN frei von allem was mich begrenzt.
ICH BIN Licht.
ICH BIN Liebe.
ICH BIN meine **ICH-BIN-Schöpfergegenwart.**
ICH BIN die Auferstehung und das Leben.
ICH BIN, was ich bin.
ICH BIN der ich bin und **ICH BIN** die ich bin.

Die sieben karmischen Verstrickungen in uns

Das Spiel des Karmas ist mittlerweile so alt wie die Entscheidung der Menschheit über die Erkenntnis von „gut" oder „böse" außerhalb des Lichtes der bedingungslosen Liebe zu lernen.

Am besten lassen sich karmische Muster mit einer kaputten Schallplatte vergleichen. Sie wird andauernd denselben Musiktakt spielen, bis wir erkannt haben, dass die „Platte hängt" und dies beheben. Mal ehrlich, wie reagieren wir bei einer „hängenden" Schallplatte? Sie nervt! Als Erstes stören uns die meist monotonen Missklänge und als Zweites haben wir kurzfristig die Befürchtung, dass die Schallplatte nun zerstört ist oder wird. Als Drittes ist der Wunsch groß, dieses Problem sofort zu beheben.

Genauso ist es mit den Karmamustern. Doch wie will ich diese „hängenden" wiederholenden Lernaufgaben bemeistern und beenden? Da gibt es nur eine Lösung: Aufmerksam hinhören, hinfühlen und überprüfen, *was* mir meine Umwelt und die Gegebenheiten, die sich ständig lästig wiederholen, mir zeigen möchten!

Unangenehme Erfahrungen *dienen* stets einer tiefen Erkenntnis!

Es ist wichtig, nicht damit zu hadern, sondern sie als Diener für unsere Lebensbemeisterung anzusehen. Die Tücke, die hinter Karma steckt, ist, dass es sich über verschiedene Erdenverkörperungen erstrecken kann. So ist es oft schwer, die alten Muster aus einer alten Erfahrung in vergangenen Leben nun in unser heutiges Leben zu projizieren und zu erkennen.

Prinzipiell gilt: Karma sind unverarbeitete Handlungen, Gefühle, Gedanken oder Wünsche. Diese können in vergangenen Leben oder in diesem Leben entstanden sein. Im JETZT können sie jederzeit erkannt und transformert werden. Karma bindet Energie und diese zieht ständig energetische, sich wiederholende, neue Impulse an, bis man das Muster, das dahinter steckt, erkennt und klärt. Nur was erkannt und anerkannt wurde, kann neu bewertet werden. Durch die neu bewertete Energie wird die alte Energie transformiert und transzendiert und somit ist die Lernerfahrung abgeschlossen. Die nervenden Wiederholungen mit all ihrem eventuellen Leid, Missverständnissen oder Blockierungen werden gelöscht und so kann etwas Neues entstehen.

Karma sind unverarbeitete Handlungen, Gefühle, Gedanken und Wünsche, die Energie binden und ständig Impulse zur Wiederholung geben, bis sie geklärt oder transformiert (= aufgelöst) werden

Alle karmischen Verstrickungen, Ego-Versuchungen und selbst auferlegte Kontrollmechanismen sind Seelenanteile von uns. Diese gilt es JETZT zu erkennen, zu transformieren und zu heilen, **denn *sie stecken noch alle in uns*.**
Aus diesem Grund empfehle ich jedem, inklusiv mir selbst, die *nachfolgenden Zeilen genau zu lesen* und ständig zu verinnerlichen.

Schnell sind wir der Überzeugung: Diese Verstrickung steckt nicht in mir - das bin ich nicht.

Und doch steckt sie noch in uns, da sie ein Seelenanteil ist. Wie sonst kann es sein, dass wir im Menschenkollektiv jeden Tag diesen Verstrickungen ausgesetzt sind durch unser Umfeld, die Medien und Erlebnisse?

Sind wir, bist *du* nicht ein Teil des Menschenkollektivs? Das Menschenkollektiv können wir nicht bis morgen positiv ordnen und somit dauerhaft verändern. Doch wir können den ersten Schritt zur Veränderung des Kollektivs *in uns selbst* starten!

Auch wenn wir diese Verstrickung zunächst noch nicht in uns selbst erkennen, dann nervt sie uns zumindest bei anderen. Warum spiegeln es andere Menschen dann? Um *uns* zu nerven und vielleicht die Möglichkeit zu geben, unseren Anteil *in uns*, *in dir* zu erkennen?

In den nachfolgenden Erläuterungen möchte ich zur Erkenntnis sieben karmische Verstrickungen, sieben karmische Ego-Versuchungen und die zwei grundlegenden, selbst auferlegten Kontrollen über den Menschen aufzeigen:

1. karmische Verstrickung:
Arroganz

Es ist völlig egal, ob sich der Bürgermeister über einen kleinen Bürger erhebt oder ob die Supermacht Amerika sich über ein aufständiges Land erhebt.

Es ist auch völlig egal, ob ein schön anzusehender Mensch, sich über den augenscheinlich Hässlichen lustig macht.

Egal ob sich der Reiche über den Armen oder der Arbeitende über den Arbeitslosen aufregt.

Es ist auch gleichgültig, ob ein spirituell bewusster Mensch auf einen weniger bewussten Menschen herabblickt.

Alle diese Haltungen sind ein Ausdruck von Arroganz und in allen ihren Facetten weit auf der Erde verbreitet. Diese Form der Arroganz stellt einen permanenten Verstoß gegen die kosmischen Gesetze dar, die *Überbewertung* des einen und die *Unterbewertung* des anderen. Das Gleichgewicht ist somit nicht hergestellt und antwortet mit Unordnung.

Wie kann ich das verändern?
Ich erkenne mein arrogantes Verhalten gegenüber ... (Person)
Ich nehme es jetzt an und übergebe es dem violetten Strahl zur Transformation.
Ich wähle neu: ICH BIN im Einklang mit ... und mit allem, was ist.
Es werde Licht in dieser neu gewählten Energie.

2. karmische Verstrickung:
Sucht

Es ist egal, ob wir diese Form über Eifersucht, Rauschmittelsucht, Spielsucht, Sexsucht, Medikamentensucht, Kaufsucht oder über andere Formen von Süchten ausdrücken, sie ist uns nicht dienlich.

Süchte werden durch eine übertriebene Form der Begierde (Gier) ausgedrückt und führen uns ständig übermäßig einseitige Energieinformationen zu. Natürlich kann jeder Mensch einen anderen im Rahmen einer Gemeinschaft lieben und ehren - Eifersucht bedeutet allerdings, nicht loslassen zu können und den Partner als seinen Besitz anzusehen. Dies führt zwangsläufig zu Blockaden im Gesetz der freien Wahl des anderen.

Fast jeder Mensch hat in seinem Leben Erfahrung mit Rauschmitteln gesammelt und das ist und war auch wichtig. Nur so können wir lernen und erkennen. Selbstverständlich soll jeder Mensch einkaufen können, eine Münze in einen Spielautomaten werfen oder sexuelle Erfahrungen sammeln können.

Jede Form, die meinen freien Geist zu einem Sklaven der Begierde macht, ist allerdings nicht dienlich und führt zwangsläufig zu Leid. Die Freude und der für uns wichtige Genuss sind schnell verbraucht und werden durch zwangsgesteuertes Verhalten ersetzt, das ständig wie eine kaputte Schallplatte die Freude und den Genuss sucht.

Wie komme ich da heraus?
Ich erkenne meine Sucht mit ...
Ich nehme sie jetzt an und übergebe es dem violetten Strahl zur Transformation.
Ich wähle neu: ICH BIN im maßvollen Einklang mit ...
ICH BIN im Genuss und Freude mit ...
Ich erkenne, dass ich das nur in einem mir dienlichen Maß erreichen kann.
Ich beginne JETZT neu und setze es sofort um.
ICH BIN im Vertrauen und in Geduld mit mir selbst.
Es werde Licht in dieser neu gewählten Energie.

3. karmische Verstrickung:
Diskriminierung

Die Diskriminierung ist so alt wie das erste Karma! Die größten Diskriminierungen wurden hier auf der Erde allem Weiblichen entgegengebracht. Alles Weibliche wurde bisher in einem besonderen Maß auf dieser Erde diskriminiert! Unmöglich kann so ein Ausgleich der Energien stattfinden. Die Antwort „Emanzipation" (=übersetzt: Entlassung aus Gewalt und Unterdrückung) kann unmöglich einen Angriff gegen das Männliche bedeuten.

Yin - Yang, das Zentrum von Yin ist Yang und umgekehrt. Bekämpft der eine Teil den anderen, bekämpft er auch sein eigenes Zentrum!

Das Symbol Yin und Yang ist auch als Farbe schwarz und weiß. Es ergibt keinen Sinn, dass ein Mensch mit weißer Hautfarbe einen Menschen mit schwarzer Hautfarbe diskriminiert. Auch wenn es umgekehrt sein sollte, so trifft es immer das eigene Zentrum im Inneren, mit dem Maß, das ich angewendet habe!

Es ergibt auch keinen Sinn, dass ein spiritueller Mensch auf einen „Normalbürger" herabschaut. Was ist „normal" und bin ich nicht auch ein Bürger der Stadt? Kann nicht dieser „Normalbürger" in einem Jahr meine Inspiration sein?

Wie kann ich etwas diskriminieren, wenn ich es in allen Varianten schon in meinen vorhergehenden Erdenverkörperungen war oder jetzt bin?

Wie ändere ich meine Einstellung?
Ich erkenne meine negative Einstellung zur Dualität an.
Ich nehme es jetzt an und übergebe es dem violetten Strahl zur Transformation.
Ich wähle neu: Ich bin im Einklang mit der Dualität.
Ich bin im Einklang mit allen Menschen, denn sie sind ein Teil von mir.
Ich bin, der ich bin (männlich) und ich bin, die ich bin (weiblich).
Es werde Licht in dieser neu gewählten Energie.

4. karmische Verstrickung:
Hass

Hass ist ein Ausdruck, sich nicht geliebt und verstanden zu fühlen. Ich kann nur jemanden oder etwas hassen, wenn ich mich nicht darin oder damit geborgen fühle. Hass ist der größte Verstoß gegen die universelle Energie Liebe und der größte Verstoß gegen unsere Heimat! Nach allen Erfahrungen führt uns der Weg nach Hause, in die Reiche des Lichtes und der bedingungslosen Liebe. Dort werden wir spätestens mit liebevollen, offenen Armen in bedingungsloser Liebe aufgenommen. Hass verbrennt in der bedingungslosen Liebe, denn nichts ist stärker als die Liebe. Haben wir das verstanden, kennen wir die Verstrickung Hass nicht mehr.

Wie beende ich meinen Hass?
Ich erkenne meinen Hass auf ... an.
Ich nehme ihn jetzt an und übergebe ihn dem violetten Strahl zur Transformation.
Ich wähle neu: ... ist Licht und Liebe.
ICH BIN Licht und Liebe.
WIR SIND somit eins in Licht und Liebe.
ICH BIN geborgen und werde verstanden im Licht und in der Liebe.
ES WERDE Licht in dieser neu gewählten Energie.

5. karmische Verstrickung:
Gewalt

Gewalt ist der verzweifelte Ausdruck Liebe und Anerkennung zu erhalten. Dabei vergessen wir völlig, dass wir im großen Ausmaß einen Verstoß gegen das Gesetz der freien Wahl des anderen begehen. Diese Gewalt muss also wie eine kaputte Schallplatte immer wieder auf mich zurückreflektiert werden, was unnötig zu weiterer Gewalt führt, bis wir die Ursache erkannt haben.

Mahatma Gandhi hatte dies bereits verstanden, als er sich zum Ungehorsam gegen die imperialistischen Aggressionen aussprach und einen beispiellosen gewaltfreien „Krieg" erwirkte.

Die stärkste Waffe, die wir besitzen ist nicht die Atomwaffe, sondern die Liebe. Würden dies doch nur die Militärs begreifen! Jeder „Aggressor" wird schnell versöhnlich, wenn er ausreichend mit der Waffe Liebe angegriffen wird. Warum? Weil die Ursache der Auseinandersetzung mangelnde Liebe, Geborgenheit und Integration waren.

So wird es keinen Sinn ergeben, sein Kind zu prügeln, weil man selbst in der Kindheit nicht genügend Liebe erhalten hat. Das Rad des Karmas dreht sich gnadenlos. Der Ausbruch und die Beendigung bedeuten etwas vollkommen Neues: Die Gnade erfahren .!

Wie beende ich meine Gewaltbereitschaft?
Ich erkenne meinen Ausdruck von Gewalt für ... an.
Ich nehme diesen Ausdruck jetzt an und übergebe ihn dem violetten Strahl zur Transformation.
Ich wähle neu: ... ist Licht und Liebe.
ICH BIN Licht und Liebe.
WIR SIND somit eins in Licht und Liebe.
ICH BIN geborgen und werde verstanden im Licht und in der Liebe.
Ich gebe endlos Licht und Liebe und ich empfange endlos Licht und Liebe.
ES WERDE Licht in dieser neu gewählten Energie.

6. karmische Verstrickung:
Opferverhalten

Was nützt das schönste Karmaspiel ohne ein Opfer? Nichts! Ohne den Täter kann das Opfer nicht lernen und umgekehrt. Das entspricht dem Yin-Yang Prinzip.

Eins ist immer klar: Der Täter wollte durch seine Tat etwas lernen. Was wir aber immer gern vergessen: Auch das Opfer wollte lernen. In unserem großen Spiel des Karmas waren, sind und werden wir stets Opfer und Täter sein.

Das Opfer möchte etwas Bestimmtes lernen und zieht somit den Täter energetisch an und umgekehrt.

„Karmische" Berichterstattung:

Atlantis 25.000 Jahre v. Chr. Gegen 7:26 h hob ein junger Bauer nach einem heftigen Streit mit einem Hohepriester einen Stein auf und schlug auf ihn ein. Trotz Bemühungen des Rates, den Bruder zu retten, verstarb dieser nach zwei Stunden.
Kairo 3.628 Jahre v. Chr. Gegen 18:19 h erstach ein junger Leibwächter des Pharaos (Hohepriester) eine 21-jährige Sklavin (Bauer), da er sie für eine Attentäterin hielt. Der Pharao drückte der Familie sein Beileid aus.
England 1421 n. Chr. mit Stolz verkünden wir die Eroberung der nördlichen Stadt. Dank unserer tapferen Soldaten (darunter Hohepriester, Sklavin, Bauer, Leibwächter), die auch das Oberhaupt des Klans töteten!
Deutschland 1998 n. Chr. Wie konnte der Mann das tun? Gegen 14 h lief ein 36 jähriger (Klanoberhaupt) Amok. Er stürmte ein Café, zog eine Waffe und schoss wie wild um sich. Er tötete dabei zwei Männer (Sklavin, Hohepriester), eine Frau (Bauer) und ein Kind (Leibwächter).

Dies alles sind Karmaerfahrungen, weit entfernt von Licht und Liebe. Sie sind auch weit entfernt von dem Gesetz der freien Wahl und dem Recht auf Leben. Daher wiederholt sich das Karmaspiel so lange, bis wir verstanden haben, dass wir darin stecken. Energetisch stehen noch viele alte Rechnungen offen .

Wie beende ich das Täter-/Opferspiel?
Ich vergebe mir für das, was ich anderen Wesen in dieser und vergangenen Inkarnationen angetan habe.
Ich vergebe allen anderen für das, was sie mir in dieser und vergangenen Inkarnationen angetan haben.
Ich nehme es jetzt an und übergebe es dem violetten Strahl zur Transformation.
Ich wähle neu:
Ich löse alles aus meinen Zellen und aus meinem Ätherkörper.
ICH BIN Licht in meinem Ätherkörper.
ES WERDE Licht in dieser neu gewählten Energie.

7. karmische Verstrickung:
Scham

Scham ist ein Ausdruck sich wertlos zu fühlen und eine Verweigerung, sich in seiner eigenen Schönheit zu offenbaren. Dies bedeutet nicht, alle Kleidung abzulegen und durch die Straßen zu laufen. Oft schämt man sich für die eigene Unterbewertung (ich schäme mich in der Gruppe zu sprechen), die Unterbewertung eines anderen (ich schäme mich für meinen Mann) oder einer Gruppe (ich schäme mich für mein Land). Diese Form der Unterbewertung ist und bleibt für einen selbst eine undienliche Bewertung und löst Blockierungen in der eigenen Entfaltung aus.

Wie löse ich mich aus meinem Schamverhalten?
Ich erkenne meinen Ausdruck von Scham an.
Ich nehme ihn jetzt an und übergebe ihn dem violetten Strahl zur Transformation.
Ich wähle neu: ICH BIN frei von Scham, denn ich bin ein göttliches Lichtwesen.
ICH BIN hier inkarniert auf der Erde um in freier Entfaltung zu lernen und meine Erfahrungen zu machen.
Alle anderen Menschen sind göttliche Lichtwesen, hier inkarniert auf der Erde, um in freier Entfaltung zu lernen und ihre Erfahrungen zu machen.
ES WERDE Licht in dieser neu gewählten Energie.

Die sieben Egoversuchungen in uns

Auch diese Formen stellen Blockaden dar, sie sind oft gesteuert aus purer Ego-Gedankenkraft und hindern uns in unserer Weiterentwicklung. Jeder einzelne Punkt ist ein Ausdruck und sollte nicht als DAUERausdruck gelebt werden. Dauerhaftes Ausleben dieser Formen des Ego-Verhaltens ist ein Stillstand oder großer Rückschritt in der Lebensentwicklung und verursachen Leid.

Lust, wenn triebhaft gesteuert, bedeutet den Verlust von Freude und Genuss. Die Ursache ist, genau diese beiden Aspekte zu lernen.

Faulheit als Dauereinstellung für das Leben bedeutet sie Stillstand im Lernprozess und kann niemals auf Dauer glücklich machen. Die Ursache ist die Verweigerung, neue Aufgaben zu übernehmen, um zu lernen. Oft steckt auch eine Angst vor neuen Lernfeldern dahinter.

Völlerei übermäßig triebhaft gesteuerte Nahrungsaufnahme bedeutet nicht nur eine Gefahr für den Körper. Diese Form kommt sofort auf einen zurück, denn man trägt sie ständig durch das Übergewicht mit sich. Die Ursache ist oft ein Mangel an Eigenliebe oder erhoffter Liebe von außen und kann auf Dauer keine Lösung sein.

Stolz sich dauerhaft über andere zu erheben, löst zwangsläufig irgendwann einen tiefen Fall aus. Die Ursache liegt oft an der inneren Wut und dem Unverständnis hier auf der Erde zu sein und sich mit Menschen zu beschäftigen. Genau das ist die Aufgabe und zwar im Einklang, in Harmonie und Liebe.

Zorn (andauernder gedankengesteuerter Zorn auf sich und andere ist absolut selbstzerstörende Energie. Die Ursache liegt oft an mangelnder Geduld und mangelnden Verständnis für alles, was ist.

Neid auf andere ist eine destruktive Verneinung der eigenen Fähigkeiten, die man sich selbst nicht zutraut. Die Ursache liegt darin, sich durch eigene Unterbewertung zu blockieren, dasselbe oder weitaus mehr zu erreichen, als ich bereits bei anderen wahrnehme.

Gier (durch andauernde Gier verliert man die Freude und den Genuss. Etwas zu besitzen ist schön, die Verantwortung zu übernehmen und es in Liebe zu teilen ist göttlich. Ursache sind oft tiefe Ängste, nicht versorgt zu sein.

Alle sieben Ego-Versuchungen führen bei dauerhafter Nichterkenntnis zur Isolation, zu Leid bis sogar zum physischen Tod, weshalb sie auch fälschlicherweise die Todsünden genannt werden. Eine bessere Definition wäre: Die sieben Selbstbestrafungen, die in das Leid und in den Tod führen können.

Die beiden Kontrollmechanismen des Karmas

Zwei grundlegende selbstauferlegte Kontrollmechanismen sind erforderlich, um die Illusion und die Bereitschaft zum Karmaspiel aufrecht zu erhalten. Jeder Mensch, der sich nun ernsthaft aus dem sich wiederholenden Rad des Karmas befreien möchte, muss nun diese Kontrollmechanismen erkennen und für sich ablegen.

Die Illusion der Herrschaft von Hass und Furcht über die Liebe

Hass und Furcht sind im Rahmen der Dualität hier auf der Erde Gegenspieler von bedingungsloser Liebe. Die Liebe im Licht kennt keine Bedingung, sie existiert als höchste Kraft durch das Licht, das alles in Liebe erschafft. Die höchste Kraft hat auch seine dualen Gegenspieler erdacht. Die bedingungslose Liebe ist in Wahrheit der Schöpfer von Hass und Furcht, um allen Lebewesen die Möglichkeit zu geben, ihre Erfahrungen in Getrenntheit von dieser Schöpferkraft zu sammeln.

Durch die Erfahrungen von Hass und Furcht finden wir unseren Weg zurück zu unserem Ursprung. Die Herkunft ist das Licht und die bedingungslose Liebe in uns. Diese Erkenntnis führt uns in unsere eigene Schöpferkraft von bedingungsloser Liebe und Licht zurück, da wir erkennen, dass wir genau das sind. Wir sind die Schöpfer und ein Teil des Ganzen - der Schöpferkraft, des Lichts und der Liebe. Als Schöpfer haben wir zu aller Zeit die Herrschaft über Hass und Furcht, da wir sie in Licht umwandeln können (Transformation), sofern wir unsere Schöpferkraft erkennen und anerkennen.

Der Glaube, dass die Dunkelheit mächtiger sei, als das Licht

Unmöglich kann die Dunkelheit mächtiger sein, als das Licht. Wie bereits in Band I beschrieben, lässt sich dies anhand eines einfachen Beispiels nachvollziehen. Man öffnet eine Tür zu einem hell erleuchteten Raum. Was passiert?

Der dunkle Raum wird zwangsläufig heller. Daraus folgt: Dunkelheit muss immer weichen und wird vom Licht erfüllt! Umgekehrt nimmt der helle Raum das Dunkle nicht auf. Durch unsere Erkenntnis über die Abwesenheit von Licht werden wir schrittweise Meister der Transformation und somit Meister der Umwandlung von Dunkelheit in Licht.

Auf diese Weise entsteht immer mehr Licht, sodass die Dunkelheit weichen muss. Kein Lebewesen kann ohne Licht existieren.

Das Gesetz des Äthers

Dieses hohe Gesetz gilt besonders in der materiellen Welt. Es besagt, dass sich alle ätherischen Kräfte zu reinigen haben und nach Reinheit streben. Nach diesem Gesetz müssen sich alle Disharmonien, Missklänge und Unordnung wieder in die hohe Form der Ordnung des Lichtes transformieren.

Beispiele:

Das **Element Wasser** reinigt sich ständig. So werden Schadstoffe innerhalb des Wassers abgebaut und außerhalb an die Ufer geschwemmt. Es gibt keine Umweltkatastrophe, die die Kräfte des Elementes Wasser an der Reinigung hindern könnten. Die Frage stellt sich nur, wie lange die Reinigung dauert und welches Ausmaß sie für das biologische Leben hat, wenn die Menschen es weiterhin „herausfordern". Jeder große Eingriff in die Magnetfelder des Wassers bedeutet Wasserentzug oder Überschwemmungen.

Das **Element Luft** reinigt sich ständig. Sind die Missklänge und angestauten negativen Energien zu groß, so antwortet dieses Element mit Stürmen, Gewitter, Blitz und Donner. Jeder weiß, dass sich die Luft nach einem Gewitter besser anfühlt und angenehmer ist, als die „aufgestauten" Energien. Die Menschheit wäre ebenso gut beraten, dieses Element nicht herauszufordern.

Das **Element Feuer** reinigt sich ständig. Sind die männlichen, dominanten Anteile zu groß, dann entfacht dieses Element und antwortet mit Transformation. Bei jeder großflächigen Waldrodung entfacht dieses Element, da die Zerstörung zu stark in das ätherische Magnetfeld des Waldes eingreift. Das Element Feuer entfacht, um etwas in einem neuen, empfangenden, weiblichen Magnetfeld aufzubauen.

Das **Element Erde** reinigt sich ständig. Sind die Disharmonien innerhalb des Kraftfeldes der Erde zu groß, so antwortet dieses Element mit „Erdrutsch" oder Erdbeben. Selbst der uneinsichtigste Atomwissenschaftler müsste bereits verstanden haben, dass durch Atomversuche, speziell im Erdreich, ein massives Erdbeben an einem anderen Teil der Erde vorprogrammiert ist. Ebenso konnten wir immer wieder beobachten, dass Kriege und Bombenabwürfe irgendwo anders in der Welt ein Erdbeben verursachen.

Durch jeden massiven Eingriff innerhalb dieser Elemente dürfen wir Menschen die reinigende Konsequenz erfahren. Hoffentlich lernen wir mit zunehmenden „Zerstörungsmechanismen" sehr schnell in dieser Zeit.

Doch der größte Missbrauch, den wir begehen können, geschieht durch unsere Worte. Jedes Wort, speziell die Sätze mit *Ich* und *Ich bin* lösen eine Schöpfungskraft innerhalb unseres ätherischen Umfeldes aus. Der Missbrauch liegt darin, dass wir Menschen noch nicht begriffen haben, dass wir göttliche Wesen sind, die hier inkarnieren wollten, um Lernerfahrungen zu sammeln. Wenn wir uns mal kurz überlegen, wie oft wir *Ich* und *Ich bin* mit negativen Schwingungen benutzen, dann können wir uns noch nicht mal im Ansatz vorstellen, was wir jeden Tag damit zum Teil unbewusst anrichten. Jede Schwingung, ob nun positiv oder negativ, geht in Resonanz mit der gleichen Schwingung und erzeugt ein großes Kraftfeld. Sofern dieses nicht im Einklang mit den hohen Gesetzen des Lichtes und somit in der vollkommenen Ordnung steht, hat es sich zu reinigen und zu transformieren.

Diese Form der „ätherischen Reinigung" geschieht nicht nur innerhalb der Elemente, sondern auch in uns – in unseren Zellen und Genen.

Auch aus diesem Grund ist eine globale Transformation in uns und um uns herum von Vorteil. Es erfordert, uns jeden Moments, den wir gerade erleben, bewusst zu werden. Alle Gedanken und gewählten Wörter sind positiv „zu bemeistern", um gravierende positive Veränderungen in unserer Welt zu manifestieren. Dies kann nur schrittweise erfolgen und erfordert für jeden Menschen Hingabe und Geduld. Wer dies nicht glauben möchte oder kann, der möge einmal darüber nachdenken, wie viele positive Gedanken und Wörter Gutes erreicht haben oder im negativen Sinn einen Krieg verursacht haben.

Die Geschichte über das ungewollte Postpaket

Es war einmal ein Mann, der wollte einen anderen ärgern und machte es sich mit der Müllentsorgung sehr einfach. Voller Wut packte er seinen Unrat in ein Postpaket und verschickte es. Der Empfänger öffnete es voller Erwartung und seine Empörung war entsprechend groß. Da er den Absender nicht lesen konnte, verschickte er es an seine Schwiegermutter und packte voller Wut seinen Unrat mit in das Paket. Voller Erwartung öffnete es die Schwiegermutter und ihre Wut und Enttäuschung war so groß, dass sie beschloss, es an ihre Gemeindeverwaltung zu senden, da sie sich schon lange über die hohen Gemeindeabgaben ärgerte. Kurzerhand packte sie auch ihren Unrat mit hinein und schickte es an die Gemeindeverwaltung. Das Paket hatte mittlerweile ein Ausmaß von 4 x 4 Meter. Der Pförtner der Gemeindeverwaltung ärgerte sich über das abgestellte Paket dermaßen, dass er den Bürgermeister anrief. Dieser ordnete an, die Herkunft des Paketes herauszufinden. Auf dem obersten Stoß fand er die Absenderkarte des ersten Mannes und ließ es durch ein Frachtunternehmen mit einer gewaltigen Rechnung diesem wieder zustellen.

Was ist in der Zwischenzeit passiert? Alle beteiligten Personen werden plötzlich durch ihr Umfeld beschimpft. Immer wieder bekommen sie durch ihren Verwandten- und Bekanntenkreis Anrufe. Während dieser Gespräche fühlen sie sich ausgenutzt, da alle anscheinend nur ihren seelischen Müll loswerden möchten und sich keiner für den anderen interessiert.

Zwei innerhalb der Kette regen sich dermaßen darüber auf, dass sie ernsthaft krank werden.

Der Mann wundert sich, wie dieses Paket überhaupt an ihn zurückgesandt werden konnte, denn seine Absenderschrift war doch so unleserlich.

Er wundert sich über die erstaunliche Größe und über die Masse an Unrat. Entsetzt ist er über die Rechnung. Er entschließt sich, dies alles wieder zu bereinigen. Kurzer Hand überweist er das schuldige Geld, entsorgt den Müll auf der städtischen Müllhalde und geht in die Stille. In seiner Anbindung bittet er alle Beteiligten um Vergebung.

Am nächsten Tag fühlt er sich angenehm frisch und erleichtert – er verspürt keinen Zorn mehr. Gleichzeitig klingeln die Telefone bei allen Beteiligten heiß und das

Umfeld erkundigt sich nach dem eigenen Befinden, da es im letzten Telefonat vergessen wurde. Nach zwei Tagen beginnen sich die Beteiligten zu entsinnen und denken darüber nach, was sie vielleicht falsch gemacht haben. Nach dem fünften Tag fühlen sich alle wieder gesund. Nach dem sechsten Tag öffnet der Mann seinen Briefkasten und findet einen Gewinnscheck in Höhe der Rechnung der Abfallgebühr.

Na klingelt´s?

**Wenn alle Menschenkinder „Herr"
über ihre Gedanken und Gefühle sind;
so wird es keinen Donner, kein Blitz, keine
Erdbeben, keine Stürme und
keine Überschwemmungen mehr geben**

Saint Germain

Die Transformation
Wandlung ins Licht

Transformation heißt wörtlich übersetzt „Umbildung". Ziel ist die schrittweise Umwandlung aller uns inzwischen nicht mehr dienlichen Blockaden (physisch, mental, emotional, ätherisch).

Das Prinzip der Transformation habe ich bereits ausführlich im Band I beschrieben. Dieses Kapitel dient nun zur Vertiefung zum Verständnis über die eigene Transformation.

Immer wieder wurde ich angesprochen, warum wir die Blockaden in das violette Licht oder in die violette Flamme geben. Grund ist die ordnende, transformierende und heilende Kraft des violetten Strahls. Diese Form des Lichtes stellt in dieser besonderen Zeit die höchste Kraft dar. Selbst diejenigen, die über aufgestiegene Meister des violetten Strahls wie z.B. Saint Germain, Kuan Yin oder von Erzengel Zadkiel nichts wissen oder wissen möchten, können sich in wissenschaftlichen Abhandlungen von den Kräften des violetten Lichtes überzeugen.

So haben bereits viele bekannte Forscher entdeckt, dass es in den Zellen einen „Reparaturmechanismus" gibt, das heißt, die Zellen reagieren besonders gut auf den blauvioletten Spektralbereich. Dieser Mechanismus wird heute nun inzwischen offiziell „Photoreparatur" genannt. Dies ist ein „Phänomen", bei dem man feststellen kann, dass sich Schäden in der Erbsubstanz der Zellkerne innerhalb weniger Stunden fast völlig „reparieren" lassen, wenn man diese Zellen mit schwachem blauviolettem Licht bestrahlt. Wer dies an dieser Stelle nicht glauben möchte oder kann, der möge einen „Selbstversuch" mit einer Wohnzimmerpflanze und einer guten blauvioletten Lichtquelle starten. Warum benutzen wohl viele Blumenhändler violettes Licht?

Das violette Licht *unterstützt* die Umbildung in den Zellen bei der eigenen positiven Gedankenkraft. Somit kommen wir auf die zweite Frage, warum die Transformation bei manchen nicht hilft. Immer wieder stellte ich zwei „Denkfehler" fest.

Der **erste Denkfehler** ist, dass die Transformation sofort eintreten muss. Transformation bedeutet immer einen Prozess, der ausgelöst wird und eine Zeit der Neubildung erfordert. Oft sind „Prüfungs- oder Schulungsprogramme" die Folge, um uns selbst davon zu überzeugen, dass wir wirklich die Blockade oder Unpässlichkeit *verstanden* haben.

Es wird nichts helfen, sich während des beginnenden Umwandlungsprozesses wieder mit seinen Gedanken oder Emotionen zu verstricken. Diese binden dann wieder negative Energien, die wiederum den ganzen Prozess verlangsamen oder „über den Haufen werfen".

Prinzipiell gilt nach den alten Regeln des Karmas: **Ursache = Wirkung**.

Nach dem Gesetz der Transformation gilt:

Negative Energie → Transformation → neu programmiert in positive Energie

Die **Ursache** war **negativ** und ist nach Abschluss der Transformation als **Wirkung positiv**.

Wenn dieser Prozess abgeschlossen wurde, kann <u>keine</u> neue Karmaenergie aufgebaut werden.

Der zweite Denkfehler kann darin liegen, dass nicht neu gewählt wurde. Wie können wir etwas annehmen und zur Transformation geben, ohne ein gewünschtes Ziel in unseren Gedanken neu zu wählen. Es ist mit der Transformation genauso, wie mit einem Computer. Solange wir das „alte Programm" nicht löschen und neu programmieren, wird der Computer es nicht umsetzen können. Genauso ist es mit unseren Zellen, Genen oder unserem Umfeld, das sich für uns spiegelt.

Die Transformation ist die Wandlung in das Licht. So handelt danach und wandelt mit dem Licht!

Saint Germain

Das Karmaspiel und die Reflexionen in unseren Zellen und Genen

Durch unser bisheriges Lernprogramm „Karmaspiel" haben wir viel energetischen Schaden in unseren Gedanken, Gefühlen, Zellen und im Ätherbereich angerichtet. Dies gilt es nun in uns und um uns zu transformieren, sodass wir und die Erde den Ausstieg aus dem Karma erreichen können.

In jeder Erdenverkörperung haben wir Erfahrungen, Gedanken, Gefühle, Freude, Leid und vieles mehr erfahren. Keine Lernerfahrung war, ist oder wird umsonst sein. Keine Lernerfahrung geht energetisch in Vergessenheit. Alles ist aufgezeichnet in der Akasha-Chronik (Buch des Lebens oder kosmischer Computer) sowie in unserem Ätherkörper und in unseren Genen.

Wir bestehen aus gleichzeitig vielen Körpern in einem. Der für uns einzig sichtbare ist unser physischer Köper. Wie bereits im Band I ausgeführt, möchte ich nochmals auf unser Vier-Körpersystem eingehen. Es besteht aus dem Gedankenkörper, dem Gefühlskörper, dem physischen Körper und dem Ätherkörper. Diese Körper gilt es zunächst zu erkennen und anzuerkennen. Wenn wir dies erreicht haben, ist der nächste Schritt sie zu reinigen. Dies kann nur durch „Wiedervorbringungen" alter Muster und Erlebnisse geschehen, da wir uns ja nicht an alles erinnern können.

Wir werden nun erinnert. Dies wird gesteuert von unserem höheren Selbst. Jede Erfahrung wird noch einmal „vorgespult", um sie nun erkennen zu können, zu akzeptieren, zu transformieren und neu zu bewerten. Nur dann ist das Lernprogramm abgeschlossen. Lineare Zeit spielt dabei keine Rolle. Das Umfeld spielt dabei keine Rolle. Wir können unserem „Widersacher" aus dem Jahre 12.505 v. Chr. auf unserem neuen Arbeitsplatz als Kollege begegnen. Ebenso können wir unseren „Mörder" aus dem Jahre 1201 n. Chr. in einem Mc Donalds Restaurant treffen. Die Reaktion wird immer wieder die gleiche sein - der/die kommt mir unangenehm vor, warum weiß ich auch nicht, aber ich habe ein komisches Gefühl! Wem ist das schon einmal passiert? Es passiert allen Menschen, immer wieder!

Es gibt nun zwei Möglichkeiten: Das Spiel zu beenden oder weiterzuspielen.

Die Akasha-Chronik, das höhere Selbst, der Ätherkörper und die Gene spielen dabei solange zusammen, wie es sein soll.

Jedes Erlebnis und jede Erfahrung ist im Ätherkörper gespeichert. Der physische Körper ist das Abbild und die Ausdrucksform des Ätherkörpers. Wenn das Schwingungsfeld im Ätherkörper nicht im Gleichgewicht ist, wird der physische Körper krank.

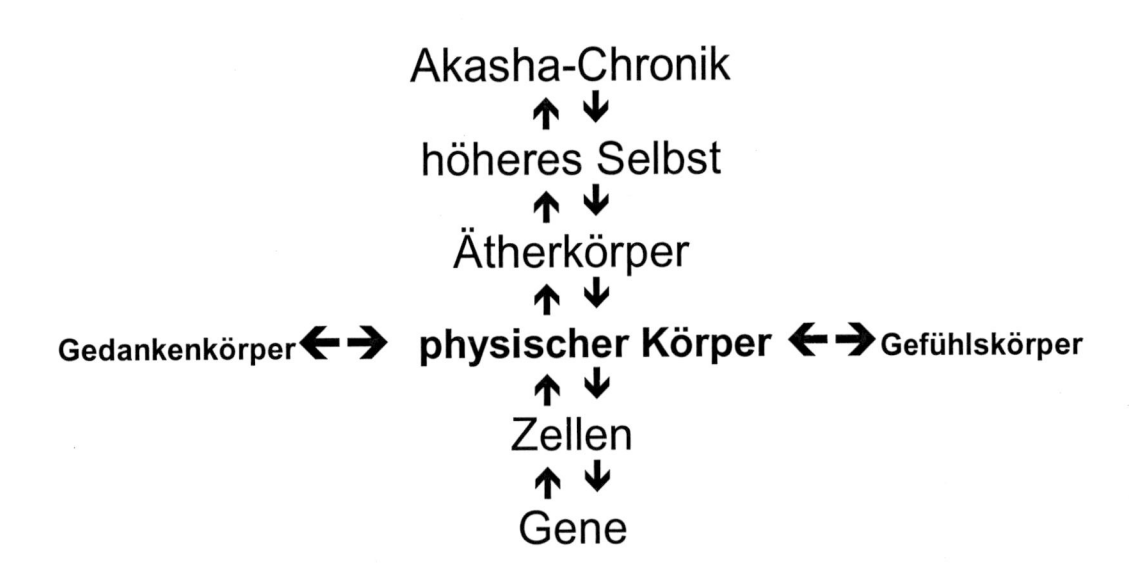

```
                    Akasha-Chronik
                         ↑ ↓
                    höheres Selbst
                         ↑ ↓
                    Ätherkörper
                         ↑ ↓
Gedankenkörper ←→ physischer Körper ←→ Gefühlskörper
                         ↑ ↓
                       Zellen
                         ↑ ↓
                        Gene
```

Um den Einklang und Ausgleich in unseren Zellen und Genen zu erreichen, ist es notwenig, schrittweise den Ätherkörper auszugleichen. Dies können wir nur, wenn wir alte Muster durch die Transformation auslöschen und positiv neu bewerten. Jede ignorierte Form der alten Erlebnisse trägt zur Karmawiederholung bei. Bedenke: Das Spiel des Karmas kennt keine Zeit, es endet mit der Erkenntnis zur Möglichkeit des Ausstiegs und der bedingungslosen Transformation.

Wenn der Ätherkörper im Einklang ist, werden auch der physische Körper, die Zellen und Gene im Einklang sein. Dies erfordert Geduld und Willenskraft. Das höhere Selbst ist der „Vermittler und Koordinator" und das Buch des Lebens (Akasha-Chronik) kann nach Ablauf der Lernerfahrung umgeschrieben werden.

Es wird also keinen Sinn ergeben, unsere Gene zu manipulieren, um uns so vor unseren Lernaufgaben zu drücken. Das wird so schief gehen, wie es bereits in Zeiten von Atlantis schief gegangen ist. Die Hinweise aus der geistigen Lichtwelt sind entsprechend deutlich (siehe Channelings).

Nur wenn auf diesem Weg der Erkenntnis und Transformation alter Karmaerlebnisse der Gedankenkörper und der Gefühlskörper immer wieder gereinigt wird, kann das Vier-Körpersystem im Einklang wieder zusammenfinden und Harmonie nach innen und außen, oben und unten ausstrahlen.

Heilt euren Gefühlskörper, dann kann der Gedankenkörper geheilt werden.
Eure Gefühle sind eure Gedanken.
Eure Gedanken sind eure Gefühle.
Erkennt den Schleier der Illusion und handelt danach.

Saint Germain

Die zwölf Familienstämme

Wir Menschen sind aus zwölf Familien entstanden. Jede Familie hat in ihrem Ursprung eine Urmutter und einen Urvater. Der genetische Code sowie alle Erfahrungen dieser Familie sind in unseren Zellen und Genen gespeichert.

Jede Familie unterteilt sich in zwölf Urstämme - unsere Seelenfamilie. Innerhalb dieser Seelenfamilie sind wir immer wieder inkarniert und waren im Laufe der Zeit und unseres Karmaspiels alle mal untereinander Bruder, Schwester, Mutter, Vater, Schwager, Nichte, Onkel usw.

Nehmen wir nun das Beispiel von Kain und Abel, auf diese Weise ist das erste Karma unter Geschwistern entstanden. Letztendlich sind wir alle Brüder und Schwestern und auch Kinder des Universums. Doch durch das Leid, das wir uns angetan haben, ist jedes Mal ein neues Karmaspiel entstanden. Nur so konnten wir lernen und haben nun die Möglichkeit, dieses Karmaspiel rückwirkend bis zu unserer Urlinie zu beenden.

Seit der Entstehung aus unserer Urfamilie haben wir die meisten Karmaerfahrungen durch unzählige Erdenverkörperungen bereits erledigt und doch sind noch zum Teil „alte Rechnungen" offen. Eine der Urlinien ist das Volk Israel (es gibt noch mehr). Es hat mit dem heutigen Volk Israel recht wenig zu tun, denn es ist mittlerweile auf der gesamten Erde verbreitet und doch finden wir Verbindungen zum heutigen Volk. In der Durchsage von Sananda am Ende des Bandes ist uns der Hinweis gegeben worden, dass wir auch heute noch mit dieser Urlinie in Verbindung stehen. Jeder Anteil *in uns*, den wir noch nicht transformiert haben, löst in uns oder irgendwo in der Welt einen Kampf aus.

Es wird uns wenig bringen, uns über die Streitigkeiten oder Kämpfe in einem anderen Land aufzuregen, solange wir nicht in uns selbst alles bereinigt und verziehen haben.

Im Rahmen der Dualität gibt es immer zwei Seiten, so, wie in unserem höchsten Symbol.

Zwölf Ureltern, zwölf Urfamilien und zwölf Urstämme wollten das Karmaspiel lernen. Aus diesem Grund gibt es auch zwölf „Gegenspieler"- Familien. Wir haben uns inzwischen so daran gewöhnt alles in Licht und Schatten einzuteilen, dass wir vollkommen vergessen haben, dass dies für uns eine undienliche Bewertung ist. Alles ist in der Dualität miteinander und ineinander verknüpft. Wie können wir uns also die zwölf „dunklen" und zwölf „lichtvollen" Familien vorstellen?

Beide Spieler möchten das Endziel erreichen: ***Sieg des Geistes über die Materie!***

Die zwölf „lichtvollen" Familien möchten in diesem Zusammenhang die Unterdrückung und Manipulation von Macht und Materie **lernen**.

Die zwölf „dunklen" Familien möchten in diesem Zusammenhang die Unterdrückung und Manipulation von Macht und Materie **lehren**.

Nun *brauchen* wir uns an dieser Stelle keine Gedanken darüber zu machen, aus welcher Familie wir abstammen. Alles ist in der Dualität miteinander und ineinander verknüpft und hat das Zentrum des anderen als Lernaufgabe.

Aus diesem Grund sind wir in unseren Inkarnationen immer wieder hin und her gesprungen. Wir alle waren bereits sowohl „dunkle" als auch „lichtvolle" Familienmitglieder. Würden wir also eine Familie anklagen, so müssten wir uns selbst anklagen.

Zu aller Zeit hat sich die „lichtvolle" Familie von der „dunklen" Familie unterdrücken lassen. Ihre Mitglieder haben wie Sklaven oder Schläfer gehandelt, während sie manipuliert wurden. Die „dunkle" Familie war und ist stets Herr über die Macht von Materie (Geld, Einfluss), sodass sie ihre Lehraufgabe übernehmen konnte und noch immer kann.

Doch beide möchten voneinander lernen – so auch bis zum heutigen Tag.

Am Ende der Lernaufgabe dieses Karmaspiels wird der „dunklen", machtvollen Familie die Maske heruntergezogen werden. Nur so kann die „lichtvolle" Familie aus ihrem Schlaf erwachen und die Illusion erkennen. Dies wird geschehen und den Zeitpunkt kennt nur einer, der alles erschafft!

Wenn dieser Zeitpunkt eingetreten ist, dann ist es von größter Wichtigkeit, die Frauen und Männer hinter den Masken nicht anzuklagen, denn wir würden uns selbst anklagen. Es wird nun Zeit, dies für uns zu erkennen und dann in uns selbst alle so genannten „dunklen" Anteile zu transformieren und zu integrieren. Nur so kann die Illusion erkannt werden und nur so können wir aufwachen.

Jeder Teil beider Familien sitzt heute an einflussreichen Stellen des Lebens wie Medien, Kirche, Wirtschaft, Wissenschaft, Politik und jeder spielt seine Rolle, bis wir alle erkannt haben. Ich denke, Namen brauchen zum Verständnis nicht erwähnt zu werden.

Da wir von zwölf Ureltern gezeugt wurden, sind wir alle Brüder und Schwestern und gleichzeitig die Kinder des Universums.

Die Heilung der Generationslinie und die Rolle der Neuzeitkinder

Selbst wenn wir das Karmaspiel erkannt haben und eine große Transformation des Karmas für uns durchführen, so bedeutet das nach meiner Erfahrung nicht, die alten Verbindungen unserer Familie automatisch geklärt zu haben.

Durch die Erkenntnis und Transformation beschleunigt und vereinfacht sich oft der Prozess. Dieser führt uns direkt zu unserem nahen Umfeld. In vielen Familien sind oft unbearbeitete Blockaden, Missverständnisse und fehlende offene Kommunikation. Dies alles gilt es auf unserem Weg nun ebenfalls aufzuarbeiten, es stellt ein komplexes Thema mit viel Eigenarbeit dar.

In jeder Familie findet man ein Verhaltensmuster wie einen roten Faden. Mit diesen Muster sind Lernprogramme verknüpft, die wir nun erkennen dürfen.

Beispiel:
Der Urgroßvater ist in harten Zeiten von Krieg aufgewachsen. Aus seiner Linie hat er noch das Lernprogramm Anerkennung mitgebracht. Sein Vater hat ihn nie beachtet. Dies gibt er nun an seinen Sohn weiter. Dieser wuchs mit „körperlichen Züchtigungen" auf, weil sein Vater der Meinung ist, nur so könne etwas aus seinem Sprössling in diesen harten Zeiten werden.

Der Sohn (Großvater) wiederum gibt diese Erfahrung an seinen Sohn weiter. Auch er ist der Meinung, dass man nur durch Härte, dass „Beste" aus seinem Sohn machen kann. Sehr oft verprügelt er den jungen heranwachsenden Mann, sodass dieser vor Angst anfängt zu stottern.

Tief in ihm sitzt der Missmut zu sich selbst, da er sich für wertlos hält. Als auch er einen Sohn (Vater) geschenkt bekommt, erinnert er sich aus seinem tiefen Zellgut und löst sein inneres Problem, indem er seinen Jungen zwar nicht schlägt, er „bestraft" ihn durch Missachtung, da er selbst in sich zerrüttet ist. Der junge Mann wächst mit mangelnder Liebe auf. Dies bestimmt auch seiner Ehe, da die „Enttäuschung" tief in ihm steckt. Er bekommt aus dieser Ehe einen Sohn (Neuzeitkind).

Dieses Kind benimmt sich seit seiner Geburt merkwürdig. Schon im Babyalter beginnt das Kind nur zu schreien. Mit drei Jahren spricht er oft von einer anderen Welt, aus der es kommt, in der alles anders und schöner ist. Oft entstehen schon im Kindergarten große Probleme, da der Junge sich nichts gefallen lässt. Sein Vater wundert sich über dieses Verhalten, denn er war von je her gewohnt, auf die ältere Generation zu hören. Zu gut erinnert er sich an die Maßnahmen seiner Linie, wenn er „Widerworte" gab. Mit sechs Jahren wird sein Sohn eingeschult.

Immer häufiger verhält sich das Kind merkwürdig. Die Mitschüler langweilen ihn, den Unterrichtsstoff findet er langweilig und mühsam. Hausaufgaben möchte er schon gar nicht machen. Immer wieder erzählt er Dinge, die seine Eltern nicht verstehen. Oft spricht der Junge von den Planeten und von der Ganzheit des Universums. Mathe, Deutsch und Sachkunde interessieren ihn wenig. Der Vater verzweifelt immer mehr.

Der Vater macht sich oft Gedanken über seinen Sohn, er möchte ihn nicht schlagen, so wie seine Familie es zuvor getan hat. Immer mehr belastet die Einstellung seines Sohnes auch seine Ehe. Immer lauter werden die Streitigkeiten zwischen ihm und seiner Frau. Immer liebloser wird die Ehe, immer weniger wird untereinander gesprochen. Beide beschließen, ohne dem anderen etwas darüber zu sagen, die Liebe im Außen zu suchen. Nach kurzer Zeit findet der Mann eine Freundin. Zu seinem Entsetzen stellt er nach zwei Monaten fest, dass sie die gleichen Züge wie seine Frau hat. Auch die Liebschaften seiner Frau verlaufen nicht gerade harmonisch, da sie seltsamerweise immer wieder an dieselben Männer gerät, die wie ihr Mann sind. (Resonanzgesetz!)

Die Verzweiflung wird besonders groß, als ihr Junge immer mehr hyperaktiv wird.

Die Mutter weiß keinen Rat mehr und geht mit ihrem Kind zum Arzt. Auch dieser ist ratlos und verschreibt dem Kind Beruhigungstabletten. Jetzt wird alles besser – denkt sich die Mutter, der Vater hat bereits aufgegeben.

Keine der Tabletten wirkt, im Gegenteil, die Verhaltensauffälligkeiten des Jungen werden immer massiver. Während der Pubertät beginnt er, dem Vater sein Verhalten vorzuwerfen. Immer wieder sagt er ihm, welch ein Versager er sei.

Die Familie weiß sich keinen Rat mehr mit ihrem Kind. Bei einer Familienfeier sitzen alle an einem Tisch. Großvater, Großmutter, Vater, Mutter und Sohn. Auch bei diesem festlichen Anlass benimmt sich der Junge seltsam. Keiner spricht etwas am Tisch und plötzlich sprudelt es aus dem Jungen: „Vater, du hast mich nie geliebt und beachtet."

Sofort antwortet ihm der Vater: „Ich wollte nur dein Bestes, ich wurde ja auch nie beachtet!"

Sofort fühlt sich der Großvater angegriffen und antwortet: „So ein freches Verhalten hätte es zu meiner Zeit nicht gegeben! Wenn ich so mit meinem Vater gesprochen hätte, dann hätte ich sofort Schläge bekommen!"

Nun beginnen auch die Frauen und melden sich zu Wort. Die Mutter sagt: „Großvater, du kennst doch nur Schläge, sieh was du aus deinem Sohn gemacht hast, der hat ja Angst und spricht nicht mehr mit mir! Was hast du nur gemacht in seiner Kindheit?"

Die Großmutter beginnt sofort ihren Mann zu verteidigen und sagt: „Du bist ja immer nur am Jammern, ich habe mich mit meiner Ehe abgefunden und würde meinem Vater nie so etwas vorwerfen, so etwas hätte es in meiner Generation nicht gegeben!"

Alle Familienmitglieder sind wütend und beschließen, die „Feier" zu beenden und sich nicht mehr wiederzusehen.

Während der Zeit des Schweigens innerhalb der Familie werden die Probleme mit dem Jungen immer größer. Immer mehr geht er seine eigenen Wege und verschließt sich seinen Eltern. Seine Mutter weiß keinen Rat mehr und geht zu einer

Therapeutin. Diese schlägt ihr vor, eine Familienaufstellung zu besuchen, um die Ursachen der Familienprobleme zu ergründen.

Voller Skepsis vereinbart sie einen Termin, mit dem Gedanken, dass es ja nur besser werden kann.

Während der Aufstellung erfährt sie am eigenen Leib, wie oft sie sich in ihrer Ehe zurückgehalten hat, genauso wie es ihre Mutter und ihre Großmutter getan haben. Sie erfährt auch, wie sehr ihr Mann darunter leidet, nicht von seinem Vater geliebt und geachtet zu werden, genauso wie sein Vater und der Großvater.
Tief bewegt erlebt sie alle Gefühle. Im Anschluss erfährt sie von einer Gruppe, die sich regelmäßig trifft, um zu meditieren. Sie beschließt diese Gruppe zu besuchen.

Voller Enthusiasmus kehrt sie mit allen Erkenntnissen heim, um ihrem Mann darüber zu erzählen. Zu ihrem Entsetzen hält dieser das Ganze für Unsinn und „Hokuspokus". Trotz dieser „Niederlage" beschließt sie, diesen Weg weiterzugehen, da sie tief in sich spürt, dass dies der Weg aus dieser aussichtslosen Lage sein könnte.

Sie spricht mit ihrem Sohn darüber. Dieser ist zu ihrem Erstaunen sehr offen dafür. In einem grinsenden Gesicht sagt er: „Siehst du, ich habe dir ja schon immer über das Universum erzählt, aber du wolltest mir ja nie zuhören!"

Immer tiefer beschäftigt sie sich mit neuen Themen und findet sogar ein Buch über „Indigokinder". Jetzt beginnt sie, die Zusammenhänge zu verstehen. Immer wieder beginnt sie, mit ihrem Mann darüber zu sprechen. Seine Skepsis ist groß, doch er erzählt ihr etwas im Vertrauen. Seit dem Tod seines Großvaters vor zwei Wochen träumt er immer realer von ihm. Immer wieder möchte sein Großvater ihm etwas sagen, doch er weiß nicht mehr was.

Dies erzählt sie in ihrer Meditationsrunde. Sehr vorsichtig, denn was könnten die anderen davon halten. Voller Verwunderung fangen spontan drei Personen an, über ihre Erfahrungen mit Verstorbenen zu berichten. Komischerweise scheint dies kein Einzelfall zu sein. Sie bekommt den Tipp, mit ihrer Mutter und Großmutter (die bereits verstorben ist) darüber zu sprechen.

Sie überlegt und entscheidet sich, lieber mit ihrer Großmutter anzufangen, da ihre Mutter bestimmt den Telefonhörer auflegen würde, wenn sie mit diesen Themen ankommen würde. In ihrer Meditation spricht sie in Gedanken mit ihrer Großmutter. Sie verzeiht sich selbst für ihre Zurückhaltung und verzeiht ihrer Großmutter, dies in ihrer Mutter und in ihr ausgelöst zu haben.

Nach der Meditation weiß sie gar nicht, was sie überhaupt gemacht hat, denn eine Antwort hat sie nicht bekommen. Trotzdem schläft sie zufrieden ein. Während der Nacht träumt sie von ihrer Großmutter. Helles Licht ist um sie herum. In einem ungewohnt lieben Ton sagt sie: Mein Kind alles ist vergeben, nun sprich mit deiner Mutter.

Am nächsten Tag klingelt das Telefon und ihre Mutter ist am Apparat. Sie klagt darüber, dass sie die letzte Nacht nicht schlafen konnte. Kurzerhand entschließt sich die Tochter, ihrer Mutter über ihren Traum und ihren Weg zu berichten. Zu ihrem Erstaunen weint ihre Mutter und sagt: „Das habe ich schon immer sagen wollen, ich hatte nicht die Kraft, verzeih mir Kind!" Die Tochter antwortet weise: „Liebe Mutter, es ist alles in dem Maß verziehen, wie du dir selbst verzeihst". Im Anschluss erklärt sie ihr, wie man das macht. Das Telefonat dauert über drei Stunden und immer häufiger treffen sich die beiden danach, um ihre Erfahrungen auszutauschen.

Während eines Zeitraums von einem halben Jahr wird auch ihre Ehe immer besser. Die angekündigte Scheidung wird rückgängig gemacht und immer tiefer und liebevoller werden die Gespräche mit ihrem Mann. Zur gleichen Zeit wird auch der Sohn immer ruhiger und beteiligt sich an den Gesprächen und sogar an Familienausflügen!

Nach einem weiteren Jahr beschließt der Vater, auch das Gleiche mit seinem Großvater durchzuführen. Plötzlich kann er sich erinnern, was der Großvater in seinem Traum über den Krieg erzählt hat. Seither treffen sich die Familienmitglieder immer häufiger.

Nach drei Jahren bekommt die Freundin des Sohnes eine Tochter. Als sie zu sprechen beginnt, erzählt sie auffallend häufig, wie sehr sie alle liebt.

Vielleicht fragt ihr euch jetzt, warum ich diese lange Geschichte erzähle? Nun, weil ich sie schon so oft in unterschiedlichen Variationen gehört habe! Auch habe ich exakt dasselbe mit meinem eigenen verstorbenen Vater und Großvater erlebt. Nachdem ich alle Probleme zwischen uns aufgelöst und transformiert hatte - und das ist für mich das schönste Gefühl der Welt - hatte mein Bruder oft das Gefühl, dass unser Vater mit ihm sprechen möchte, ohne dass ich mit ihm darüber gesprochen hatte. Während der ganzen Zeit verspürte meine Mutter, dass mein Vater noch etwas sagen wollte. Dies ist der höchste und liebevollste Dienst, den wir alle unseren „gegangenen" Lieben erweisen können. Nur so können wir unsere Generationen ganzheitlich heilen und Lernerfahrungen abschließen.

Soweit ist die Geschichte Theorie, es stellt sich die Frage, wie man nun beginnt, alles in die Tat umzusetzen?

Es ist zunächst wichtig, das Muster innerhalb der Familie zu erkennen. Wo liegen die Blockaden, worüber wird nicht ausreichend gesprochen?
Dies kann man am besten erkennen, indem man aus der eigenen Rolle für eine Zeit austritt. Beobachte alles bewusst aus einem anderen Blickwinkel. Wie verhält sich mein Umfeld, welche Themen sorgen für Disharmonie, welche Gefühle hatte ich in meiner Kindheit?

Mittlerweile gibt es viele Möglichkeiten der professionellen Hilfe, um Blockaden oder Muster selbst zu erkennen.

Eine sinnvolle Variante, um alte Blockaden innerhalb der Familie entdecken zu können, ist eine **Familienaufstellung nach Bert Hellinger**. Hierbei repräsentieren die Gruppenteilnehmer die eigene Familie. Derjenige, der aufstellt, stellt die Repräsentanten im Raum auf und zwar gemäß seinem inneren Bild. Dadurch wird das Energiefeld dieser speziellen Familie erzeugt, was einen erstaunlich genauen Einblick in deren verborgene Dynamik gewährt. Verborgene Problematiken werden aufgedeckt und vergessene Familienmitglieder erhalten wieder ihren rechtmäßigen Platz.

Eine weitere Variante ist eine **_Rückführung_**. Hierbei können alte Blockaden in der Kindheit oder in vergangenen Inkarnationen aufgedeckt werden, auf die man im Anschluss Rückschlüsse auf die derzeitige Situation ziehen kann.

Bei der **_spirituellen oder medial geführten Lebensberatung_** können viele „alte Wunden" erkannt und im JETZT abgearbeitet werden.

Durch ein **_Channel-Medium_** können im Rahmen einer geistigen Durchsage viele Dinge aus der Vergangenheit - Gegenwart und zum Teil auch aus der Zukunft geklärt werden.

Durch eine **_kinesiologische Therapie_** können durch die Körpersprache viele alte Blockaden aufgedeckt werden, die Aufschlüsse über die Persönlichkeit geben.

Durch den **_Weg der Meditation_** findet man den Weg in sich selbst hinein und stößt auf seine inneren Blockaden, um sie im Außen lösen und transformieren zu können.

Achtet bei allen aufgeführten Möglichkeiten darauf, dass ihr liebevoll behandelt werdet. Fragt euch stets: Habe ich ein gutes Bauchgefühl? Kann ich auch später meine Fragen stellen und werde auch bei Bedarf weiter betreut? Werde ich liebevoll behandelt?

Bei Familienaufstellung ist es oft ratsam, sich zunächst als „Statist" zur Verfügung zu stellen. Dabei hat man die Möglichkeit, alles genau zu beobachten. Zwei Dinge sind dabei sehr wichtig: Werde ich liebevoll behandelt und im Anschluss bei Bedarf betreut?

Alle Wege stellen eine Hilfe dar, der eigene Weg führt immer durch die eigene Erkenntnis. Bei der Wahl der beschriebenen Varianten lasst euch am besten Empfehlungen geben oder gebt euren Wunsch nach Veränderung vertrauensvoll an das Universum ab, es möge die bestmögliche Hilfe für euch bereitstellen.

Auch wenn man Single ist, stellen die Hilfen eine sinnvolle Möglichkeit der Lösung dar.

Es ist ratsam, um seine eigenen Kinder besser verstehen zu können, Bücher über Indigokinder zu lesen, um sich auch darüber zu informieren. Nicht jedes Kind ist ein Indigo-Kind, doch dies spüren die Eltern meist im Herzen, sodass auch dieser Weg der Erkenntnis oft geführt wird.

Leider sind Indigo-Schulen und Indigo-Beratungsstellen in Europa noch spärlich besät, doch ich bin mir sicher, dass dies sich schnell ändern wird. Es lohnt, sich nach Beratungsstellen zu suchen. Einige Eltern bieten bereits private Gruppen oder Treffen an, um ihre Erfahrungen auszutauschen.

Ihr seht, um die Gnade in sich zu erfahren, führt der Weg zur Eigeninitiative und Eigenverantwortung.

Wenn ihr eure Erfahrungen gesammelt habt, beobachtet eure Partnerschaft, eure Kinder, eure Eltern und das gesamte Umfeld bewusst und handelt liebevoll. Es wird zunächst wenig bringen, seinen „skeptischen" Partner zu überzeugen. Auch der Partner hat die freie Wahl, so wie du die freie Wahl hast. Nach meinen bisherigen

Erfahrungen war es meist so, dass der Partner sich nach einiger Zeit auch geöffnet hat, sofern er vorher die freie Wahl der „Beobachtung" hatte.

Speziell viele Männer beobachten und analysieren zuvor alles gerne. Dies benötigt Zeit, doch wenn sie sich öffnen, dann oft mit 100 % Engagement. Frauen hingegen handeln oft aus dem Gefühl heraus, da sie eher feinstoffliche Botschaften empfangen können. Auch hier sind wir wieder beim männlich-weiblichen Prinzip von Senden und Empfangen. Gebt bitte dem Partner die Zeit, die sie/er für seine eigene Entwicklung benötigt und bedenkt immer eure eigene Zeitspanne der Erkenntnis. Es ist auch absolut nicht ratsam, sich mit seinem Wissen *über* den Partner zu stellen.

Heilung der Generationslinie bedeutet: bedingungslose Kommunikation!

Am besten ist, sein Wissen in Liebe schrittweise mit dem Partner, den Kindern und den Eltern auszutauschen, nicht zu hadern und Lösungen für Blockaden zu finden.

Sofern die Kommunikation nicht möglich ist, da ein Familienmitglied die Aussprache ablehnt, verstorben oder verschwunden ist, ist es ratsam, den Weg der Telepathie zu wählen. Glaubt mir, *jeder Mensch, ist in der Lage zu telepathieren, wir haben es nur vergessen! Jeder Mensch ist Sender und Empfänger!*

Mein Tipp: Geht für euch in den ICH-BIN-Zustand (siehe Kapitel „Die Erkenntnis über die ICH-BIN-Schöpfergegenwart in uns"). Beachtet dabei unbedingt das hohe Gesetz der freien Wahl, da ihr sonst manipulieren würdet. Ruft euer höheres Selbst und das höhere Selbst der anderen Person.

Erklärt in Liebe euer Anliegen und bittet das höhere Selbst des anderen um die höchstmögliche Klärung, zum Wohle aller. Auch wenn ihr zunächst nichts hören oder wahrnehmen könnt, bleibt im Vertrauen. Oft verstehen wir das ganze Ausmaß der Lernerfahrungen nicht und manche Dinge benötigen auch für das Universum eine Vorbereitungszeit. Wundert euch nicht, wenn ihr plötzlich erklärende Träume oder ein erklärendes Telefonat als „Dankeschön" erhaltet. Dies kann schon am nächsten Tag sein - oder zu späterer Zeit. Das Universum und das höhere Selbst kennen nur das JETZT. Wiederholt diesen Vorgang nach eigenem Ermessen - doch ohne Ungeduld. Ich weiß, dass wir fast alle noch die Geduld als Lernaufgabe haben!

Diese Form der Kommunikation unter Berücksichtigung der freien Wahl gilt auch für Fernheilungen oder Ähnliches.

Vorgehensweise:
Wähle einen sinnvollen Zeitpunkt. Am besten Zeit ist die „Schlafenszeit", denn dann ist das höhere Selbst des anderen ohne Ablenkung.

1. Entspanne dich. Schließe die Augen.
2. Visualisiere dir eine große Lichtsäule.
3. Spüre hinein in dein Herz.
4. Spüre dein ICH-BIN Bewusstsein in dir.
5. Rufe dein höheres Selbst
6. Rufe die Person im Geist, die nicht mit dir sprechen wollte.
7. Rufe das höhere Selbst der Person
8. Nun teile dein Anliegen im Geist mit und lasse das höhere Selbst entscheiden

9. Sage dir: **ICH BIN** die Heilung, Ordnung, Klärung, Wahrheit und Klarheit meiner Generationslinie **in Tätigkeit**. **Es werde** Licht in dieser Angelegenheit.
10. Öffne deine Augen und vertraue, gib der anderen Person und dem Universum Zeit!

Ihr seht, es gibt keine Patentlösung für die Heilung der Generationslinie, doch es gibt viele Hilfestellungen. Der Weg führt uns immer zu uns, zu unseren eigenen Glaubensmustern, Blockaden oder Karmaerfahrungen.

> Denke daran: Wenn du dich veränderst,
> verändert sich auch dein Umfeld.
> Sei in deinem Herzen offen für positive
> Veränderungen und vertraue dir selbst,
> deiner höheren Führung, dem Universum
> und vor allem deinen Lieben und Mitmenschen.

Was ist die Botschaft der Indigokinder?

Leider wird die große Rolle der Indigokinder im Karmaspiel meist noch nicht erkannt oder aber verkannt. Viele dieser Kinder kommen mit nur sehr wenigen bis gar keinen Karmaaufgaben hier auf diese Welt. Ihr hoher Auftrag lautet: Heilung und Ordnung der Generationslinie.

Mittlerweile habe ich viele Indigokinder kennen lernen dürfen. Stets waren die Gespräche mit ihnen sehr intensiv. Oft wundert man sich über ihre Ausdrucks-weise im Vergleich zu ihrem jungen Alter. Schnell spiegeln sie einem, dass Zeit und Alter nur eine kleine Rolle spielen.

Oft sind sie sehr draufgängerisch. In der Schule interessieren sie sich lieber für die Ganzheit des Universums als für Mathe, Englisch oder Sachkunde. Oft können sie sich in den Unterrichtsfächern nicht konzentrieren. Ihre innere Welt ist oft sehr unruhig - bis hektisch, ihre äußere Welt finden sie oft zu langsam und können sie es nicht nachvollziehen, warum die „Älteren" so langsam lernen.

An dieser Stelle möchte ich keinen Ratgeber für Indigokinder schreiben, denn hierüber existieren schon viele gute Bücher.

Es ist mir wichtig, die eigenen Erfahrungen hier in Kurzform aufzuzeigen und ich verbinde sie mit den Aussagen aus meinen Channelsitzungen.

Die Kernfragen sind oft dieselben, aus diesem Grund zeige ich sie hier nochmals auf:

Warum heißen sie Indigokinder?

Der Name wird aus der Farbe ihrer äußeren Aura abgeleitet. Diese hat einen indigofarbenen Mantel, der von den Farben der herkömmlichen Aura stark abweicht und das tiefe Blau dominieren lässt.

Dieses Blau besteht aus dem Leitstrahl von Erzengel Michael und steht für den Schutz und den bedingungslosen Mut. Mut ist unsere größte Lernaufgabe. Dies möchten die Indigokinder verstärkt erlernen. Den weißen Strahl aus dem Leitstrahl von Erzengel Michael der Wahrheit, Klarheit, des Glaubens und des Vertrauens, haben sie bereits überwiegend in ihrem Sein integriert. Aus diesem Grund reagieren sie auf Lügen, Desinteresse und mangelndes Vertrauen in ihre Person oft ziemlich heftig.

Was ist ihre Aufgabe?

Durch den blauen Schutz- und den Mutmantel in ihrer Aura weisen sie auf alle Disharmonien in ihrem Umfeld hin. Dabei reflektieren sie es, gleich einem Spiegel. Dies macht sie oft sehr provokant und tief im Innern wissen sie das auch. Sie weisen durch ihr Verhalten bedingungslos auf Missstände hin. Häufig ist es für ihr Umfeld schwer, den eigenen Spiegel zu erkennen.

Grund für ihr Verhalten ist, die Kommunikation mit den Generationen herbeizuführen. Ihre Aufgabe ist nicht leicht, da sie eine sehr rasche Auffassungsgabe haben. Dies führt oft zu Reizüberflutungen in ihren Gefühlen und Gedanken. Häufig können sie ihren Gesprächspartner nicht mit den Augen fixieren, da sie ihn „energetisch" wahrnehmen. Viele sind mental begabt oder hochbegabt. Sind Indigokinder nicht unter ihresgleichen, kommt es oft zwangsläufig zu sozialen Spannungen, da sie ohne Unterlass auf Missstände hinweisen. Dies gibt sich, wenn sie zusammen in einer Gruppe sind.

Ihre zentrale Aufgabe besteht darin, die Generationen „wachzurütteln", dabei ist ihnen jedes Mittel recht.

Ist es ihnen gelungen, durch Reflexion auf Missstände hinzuweisen, finden sie sehr rasch den Dialog und können bei einem konstruktiven, zusammenführenden Gespräch sehr kontaktfreudig sein, bei destruktiven Energien und Gesprächen ziehen sie sich lieber zurück. Dabei hecken sie sofort den neuen „Reflexionsschlachtplan" aus. Dies kann in seltensten Fällen fast selbstzerstörerisch wirken, doch sind sie dann durch das blaue energetische Umfeld geschützt.

Haben sie ihr Ziel erreicht und ihre Familie geordnet und zusammengeführt, wird ein Karmator geschlossen. Jedes Karma öffnet ein Tor. Jedes Tor muss auch wieder geschlossen werden (vergleiche Durchsage Sananda). Sie schließen dieses Tor der Linie und nehmen ihre eigene Aurafarbe an.

Was haben sie als Lernaufgabe?

Alle Indigokinder möchten den Mut bedingungslos ausleben und erfahren. Dabei vertrauen sie intuitiv auf ihren hohen energetischen Schutz. Viele Indigokinder möchten die Disziplin lernen. Dies äußert sich oft durch ihr „unordentliches" bis chaotisches Umfeld. Sie sind in Wahrheit nicht glücklich darüber und sehnen sich nach konstruktiver Selbstdisziplin.

Ihr höchstes Lernthema ist die Kommunikation unter der Generation, denn dies ist ihre Hauptaufgabe. Manche Indigokinder erfahren ihre erste Inkarnation hier auf der Erde, um zu helfen. Die Lern- und Erderfahrungen sind dann besonders hart für sie, da sie sich oft gesellschaftlich nicht integrieren möchten oder können. Häufig fehlt vielen Indigokindern die Erdung. Sie werden dann hyperaktiv, da die Reizüberflutung durch ihre Anbindung von oben und ihrem Umfeld im Außen zu groß wird.

Hyperaktivität wird auch durch den resignierenden Eindruck, dass alles zu langsam läuft, ausgelöst.

Das **A**ufmerksamkeit-**D**efizit-**S**yndrom ist in vielen Fällen ein Hilfsmittel zur Reflexion für ihre Eltern oder ihr Umfeld. Oft fühlt sich ihr Umfeld auch nicht geliebt oder beachtet. (Kinder-, Eltern-, Urelternproblematik).

Tip bei innerer Unruhe: Den großen Frequenzausgleich (siehe Band I und beiliegende CD und Kapitel in diesem Buch) oder für mangelnde „Erdung" die alte überlieferte **Baummeditation** der Essener durchzuführen. (Beides im Nachfolgenden zu finden).

Warum können sie sich in der Schule nicht konzentrieren?

Ihre Langeweile wird bei „normalem" Lernstoff schnell gross, so dass sie sich mit energetischen Dingen und Gedanken beschäftigen. Sehr oft spüren sie die kleinsten energetischen Veränderungen in ihrem Umfeld oder in anderen Personen. Dies stellt eine ständige Reizüberflutung dar. Viele sind sich der Vergangenheit, Gegenwart und Zukunft = JETZT voll bewusst. Aus diesem Grund interessieren sie sich nicht für diese Zeitaspekte. Daher langweilen sie Themen in Sachkunde und Geschichte. Auch Sprachen und Politik interessieren sie meist nicht, da sie sich keine Sorgen um die Gegenwart oder Zukunft machen. Nach der Unterrichtsstunde ärgern sie sich häufig über sich selbst, da sie die Fülle an Informationen oft schlecht verarbeiten können.

Tip zur Abhilfe: Liebe Eltern, gebt diese Übung an eure Kinder weiter, liebe Kinder: Stellt euch eine alte Kommode vor mit so vielen Schubladen, wie eure Unterrichtsfächer. Vergesst kein Fach, auch wenn es Sportunterricht heißt und beschriftet die Kommodenfächer in eurem Geist!

Beginnt euch nun am Anfang des Unterrichtsfachs, eure Kommode vorzustellen. *Öffnet* ein Kommodenfach. Nun beginnt, die Disziplin der Konzentration zu erlernen. Hört zu und lernt. Gebt am Ende alle Informationen in das jeweilige Kommodenfach und *schließt* die Kommode. *Löscht* nun in eurem Geist alle Eindrücke. Nun *öffnet* das nächste Kommodenfach und *schließt* es wieder nach der Lernstunde. *Löscht* nun im Geist wieder alle Eindrücke. Fahrt so fort, bis der Schultag beendet ist. Es wird euch wenig bringen, nach der Schule die Hausaufgaben zu ignorieren. Sie werden auf euch zurückkommen. Erledigt es lieber schrittweise im Kleinen, Tag für Tag. Öffnet noch einmal die jeweilige Schublade der Kommode, erledigt eure Hausaufgaben und schließt sie danach wieder. So habt ihr immer den geordneten Überblick in eurem Geist und könnt auf alles jederzeit ohne Mühe zurückgreifen.

Was ist, wenn sie ihre Aufgaben nicht erfüllen können?

Sie werden ihre Aufgabe bemeistern!
Außerdem bekommen sie große Hilfe innerhalb der Generation. (siehe Hinweis von Erzengel Raphael in Band I). Immer häufiger werden Kinder der Gnade und Kinder

der Liebe geboren. Sie besitzen auch das tiefe Blau in ihrer Aura. Dieses energetische Feld wird durch einen silbernen oder rosafarbenen Strahl verstärkt. Der Strahl kann auch silber-rosa irisierend sein. Diese hohen Kinder haben oft bereits geistig den Meisterstatus der Photonenenergie erreicht. Sie verstehen das kristalline Feld, seine Strahlen und Fokussierungen. Da sie noch sehr klein sind (max 5 Jahre!) entwickeln sie sich im JETZT noch. Viele äußern sich in ihrem Verhalten wie Erwachsene oder sogar fast majestätisch. Viele dieser Kinder sprechen über die Liebe oder verweigern komplett den Sprachdialog.

Die behandelnden Ärzte werden wahrscheinlich oft ratlos sein, da sie keinen Defekt im Sprachzentrum feststellen können. Diese Kinder reflektieren ihrem Umfeld die mangelnde Kommunikation untereinander. Dies löst sich oft nach einigen Jahren und sie holen alles nach. Es wird spannend bleiben, wie sich diese Kinder entwickeln werden und was sie alles bewirken können.

Meditation für kleine und große Indigokinder

„Die Baummeditation"

Ich gehe in meine Ruhe, konzentriere mich tief auf mein Herz. Ich atme den Frieden ein und den Unfrieden aus. Ich atme die Ruhe ein und die Unruhe aus. Licht, Frieden, Heilung und Harmonie durchdringen mich und mein Umfeld.
Ich spüre das Licht, wie es sich immer weiter um mich ausdehnt.
Ich fühle den Boden unter meinen Füßen und konzentriere mich ganz auf die Füße.
Ich gehe mit meinem Bewusstsein in die Füße.
Ich schlage Wurzeln.
Mein ganzes Gewicht ruht auf meinen Wurzeln.
Ich wachse in den Boden. Ich wachse immer tiefer, ganz in den Boden.
Ich bin ganz Wurzel.
Ich verzweige mich und durchdringe den ganzen Boden mit meinen Wurzeln.
Ich gewinne die Kräfte des Bodens durch meine Wurzeln.
Ich bekomme Halt.
Ich bin tief verwurzelt.
Die Bodenkräfte sammeln sich und strömen in mich ein.
Ich wachse aus dem Boden.
Die Lebenskräfte sind in mir gesammelt.
Sie machen mich stark und kräftig.
Ich werde stärker, kräftiger.
Ich bin ganz Stamm.
Ich wachse nach oben.
Ich bin groß.
Ich teile mich oben in Äste.
Meine Äste tragen mich.
Ich wachse in den Himmel.
Licht und Wärme strömen in mich.
Ich teile mich weiter.
Ich erfasse den Raum.
Ich verzweige mich weiter.
Ich bin Krone.
Ich erfülle den ganzen Raum.
Ich erfasse alle Luft, alles Licht, alle Wärme.
Die Kraft des Himmels strömt in mich ein.
Die Kraft des Himmels strömt nach unten in meine Wurzeln.
Die Kraft des Bodens strömt nach oben in meine Krone.
Ich bin Strom. In mir strömt Leben. Ich bin Baum. – Ich bin Mensch.

Der Unterschied von dichter und lichter Materie

Alles, was wir hier auf der Erde sichtbar anfassen, besteht aus fester Materie. Diese feste Materie kann als dicht oder licht bewertet sein. Nehmen wir zum Beispiel die am meisten bewertete Materie: das Geld. Geld an sich ist neutral. Es erhält eine positive Bewertung, wenn zum Beispiel Geld von der Oma an den Enkel verschenkt wird. Der Enkel freut sich, denn er kann sich etwas kaufen, die Oma ist glücklich, weil der Enkel glücklich ist.

Geld erhält auf der anderen Seite eine negative Bewertung, wenn durch Geld ein Mensch z.B. erpresst oder sogar getötet wird. Jede Form der Materie dient uns zunächst zu einem Zweck. Wichtig sind der Gedanke und die Absicht, die in Schwingungsresonanz mit der Materie stehen.

Bei Bewertungen von Materie geht es oftmals um Macht und deren Missbrauch. Ein Beispiel dafür stellt die Bewertung von Gold dar. Gold ist in jedem Lebewesen. Jeder Meeresbiologe wird bestätigen, das kein Tier, wie zum Beispiel eine Anemone oder ein Röhrenwurm ohne Goldanteile im Körper überleben kann. Gold ist ein weiches, extrem leitendes Metall. Gold steckt voller göttlicher Heilenergien. Das wussten schon die alten Kulturen. Was machen wir damit? Wir sperren es in Hochsicherheitstrakten ein und horten es. Für was? Für die weitere Bewertung von Geld und Macht? Doch wie soll es in einem Hochsicherheitstresor andere Lebewesen heilen?

Durch jeden negativen Gedanken verwandelt sich der freie Fluss von Materie zur Blockade und stockt. Beispiel: Die Bewertung „Geld" fließt, wie alles fließt. Doch sehr häufig fragen wir uns, woher das Geld denn kommen soll und fangen an, zu sparen. Der freie Fluss ist damit blockiert. Ähnlich wie ein Staudamm. Sparen alleine stellt noch keine Blockade dar vielmehr die Angst, das Geld könnte nicht reichen!

Wer fragt sich denn ehrlich, wo das Wasser herkommt und ob es reicht? Das Wasser fließt ohne Unterlass aus der Quelle in die Bäche, in den Fluss und in einen Ozean. Wer könnte es stoppen? Ein menschlich gebauter Staudamm? Wie lange hält der Staudamm, wenn er nicht ständig erneuert wird? Wird sich das Wasser nicht irgendwann seinen Weg doch suchen? Das wird es! Das Element Wasser hört auf die Gesetze des Zyklus und des freien zyklischen Lebensflusses.

Alles, was in seinem freien Fluss manipuliert wird, stellt eine Blockade dar. Jede Blockade wiederholt sich solange, bis der **Verursacher** der Blockade alles durch Lernen und Leid erkannt und transformiert hat. Nur so kann die Blockade lichter werden und den freien Fluss wieder hergeben.

Bleiben wir beim Beispiel der Bewertung „Geld". Fragt man sich als **Ursache**, wo das Geld herkommen soll, so beginnt man, an dem Gesetz des freien Flusses zu zweifeln. Das geschieht zurzeit leider weltweit. Die **Wirkung** des Gefühls unterversorgt zu sein, äußert sich durch Blockaden, die jeder Einzelne zurzeit für sich persönlich erfährt. Diese **Wirkung** kann eine ganze Gemeinde, ein Land oder auch ein Kontinent verspüren, wenn wir als Kollektiv genügend negative Kräfte hineingeben. Genau das geschieht zurzeit. Die negativ erzeugten Gedanken eines Kollektives sind enorm und sollten nicht unterschätzt werden!

Überall fließt der Gedanke unterversorgt zu sein, in das Kollektiv. Als Spiegel läuft das Programm „Unterversorgung" solange zurück, bis wir es verstanden haben. Das Programm wird solange weiterlaufen, bis wir diesen Gedanke für uns angenommen, transformiert und positiv neu bewertet haben.

Nun haben wir uns diese Gedanken der „Unterversorgung" im Kollektiv selbst aufgebaut, also gilt es, diese Gedanken gemeinsam zu transformieren. Doch da liegt das Problem, da es nicht alle Menschen verstanden haben.

Wie es schon immer im Laufe der Geschichte war, ist und sein wird, kann nur der Einzelne für sich damit beginnen. Dies führt zur positiven Resonanz im anderen und kann ein großes Feld, gleich einer positiven Kettenreaktion aufbauen. Nur so können wir die derzeitigen „Probleme" lösen. Es wird keinen Sinn ergeben, die Gedanken zu verschieben, das heißt, eine Blockade mit der nächsten Blockade zu lösen. Dies geschieht nach meiner Auffassung leider zu oft in unserer Weltpolitik. Wir leben zu oft in der negativen Kettenreaktion der Angst und Blockaden.

Wie entsteht überhaupt Materie?

Keine physische Materie kann ohne Gedanken und Licht erzeugt werden!

Nichts, absolut nichts ist hier auf dieser Erde entstanden, ohne fokussierte Gedankenkraft.

Nehmen wir einen Bauplatz, mit Gras und Steinen. Zunächst wird sich jemand finden, der die Absicht äußert, diesen Bauplatz zu erwerben. Das kann nicht ohne vorherigen Gedanken geschehen. Nun beabsichtigt die Person, ein Haus darauf zu setzen. Doch wie soll es aussehen? Groß, klein, ein Bungalow, ein Blockhaus aus Holz oder ein Reihenhaus? All das sind Gedankenkräfte. Die Person beschließt, ein Blockhaus zu bauen.

Dies kann unmöglich geschehen ohne eine Baufirma, die sich in ihren Gedanken schon oft mit Blockhäusern beschäftigt hat. Diese Firma wird nach ihren und den Vorstellungen der Person das Haus entwerfen. Ohne die **Ursache** „Gedanken des Architekten" wird kein Blockhaus als **Wirkung** erbaut werden können. Keine beteiligte Person wüsste wie. Irgendwann im JETZT wird jedoch das Haus Kraft der Gedanken erbaut werden. Es hat sich dann manifestiert! Doch, was würde geschehen, wenn die Person sagen würde: „Das Geld für das Haus ist verschwendet und es fehlt überall!" oder der Architekt würde sagen: „Das schaffe ich nie!" ??? Nichts würde geschehen!

Der einzige Vorteil würde darin liegen, dass keiner einen „Fehler" machen könnte. Der Nachteil: keiner könnte etwas aus den „Fehlern" lernen und daran wachsen!

Stellt sich nur die Frage, wo kommt das Baumaterial her? Das Geld ist die Bewertung der getanen Arbeit aller Beteiligten und fließt durch die Arbeitsaufgaben, den VER - DIENST (ver = etwas tun oder bewirken) (Dienst = der Allgemeinheit oder sich selbst dienen). Die Baumaterialien, kommen aus einem angebauten Nutzwald für Bauhäuser, da eine andere Person die Idee hatte, diesen Nutzwald bereitzustellen. Das Haus entsteht durch die Idee des Architekten. Ihr seht, jeder ist „gedanklich" am Bau beteiligt.

Woraus besteht das physische Baumaterial?
Es besteht ohne Ausnahme aus Licht, auch Photonenlicht oder Elektronenlicht, Chi, Prana, Orgon etc. genannt. Dieses Licht ist überall vorhanden, jedes kleine Elektron besteht aus Licht. Ein Photon ist ein masseloses Teilchen und ist pures Licht. Es gleicht somit einem Gedanken. *Gedanken* bewirken die entstehende energetische Kraft als *Ursache*, die *Wirkung* ist das *Wort*. Durch unsere Wörter entsteht physische Materie.

Was nützt einem Architekten, Erfinder oder Wissenschaftler der beste Gedankenfunke, wenn er dieses Wissen nicht teilt und darüber spricht. Nur so findet er die Resonanz in der Person oder Personen, die das Werk (den Gedanken) in die Tat umsetzen können. Wie können wir Papiernoten herstellen, ohne den Gedanken vorher zu haben, sie als „Geld" zu bewerten? Würden Geldnoten gedruckt werden können, ohne den Gedanken der Herstellung zu haben? Nichts würde geschehen und nichts würde sich materialisieren!

Wie viel Licht, Photonenenergie oder Photonen gibt es? Reicht es für uns Menschen aus, um versorgt zu sein? Ich bin überzeugt davon, wir wären unendlich versorgt! Die Basis von Materie ist der Gedanke. Der Gedanke ist Lichtenergie.

Gedanke = Energie = Licht

Das Wort = Energie = Licht → Manifestierung der Gedankenenergie

Positiv = positives Wort = lichte Materie

Negativ = negatives Wort = dichte Materie

dichte Materie = freier Fluss der lichtvollen Materie ist blockiert = Blockade = Lernprogramm mit evtl. Leid und Angst

lichte Materie = freier Fluss der lichtvollen Materie ist frei = unbegrenzte Möglichkeiten und Freude, da wir ja versorgt sind

Hört auf an die dichte Materie zu „denken", damit die lichte Materie fließen kann.

Saint Germain

Umwandlung der dichten Materie in lichte Materie

Die Versorgung durch das Licht, so glaube ich, brauchen wir nicht näher zu beleuchten. Das Licht steht uns unbegrenzt zur Verfügung.

Über den Verlauf des Karmaspiels sind wir bereits Meister der negativen Programmierung geworden. Dies klingt vielleicht hart, doch überlegt euch, wie schnell sich negative Dinge in unserem Umfeld manifestieren, wenn wir dementsprechend darüber nachdenken.

Ein kleines Beispiel:

Wenn ich sage: Ich bin müde, so bin ich müde. Es zeigt sich, indem man gähnt. Dies erzeugt ein „müdes" Resonanzfeld, sodass ich mir sicher sein kann, dass mindestens eine Person aus der Gruppe ebenfalls anfängt, zu gähnen.

Wenn ich sage: Ich bin pleite, so ziehe ich alle Energien auf mich, die mir das ermöglichen. Der Arbeitgeber wird mir sagen, dass er pleite ist. Mein Umfeld spiegelt mir, dass es pleite ist. Die Bank bestätigt mir, dass ich pleite bin, denn sie wird mir kein Geld geben.

Nehmen wir diese Beispiele und wandeln sie in positive Kraftfelder, so wird es schon vermeintlich schwieriger. Sage ich: „Ich bin fit", so werde ich mich für einen Moment fit fühlen. Sogleich wird sich mein Verstand melden, der sagt, aber ich bin doch müde.

Sobald ich sage: „Ich bin versorgt", so wird der Verstand mir sagen: ha, ha, wann denn?!

Ihr seht, dies fällt uns noch schwer, da wir dies noch nicht bemeistert haben! Darum heißen die aufgestiegenen Meister auch so, denn sie haben das Licht, das Positive, ihre Gedanken und Gefühle bemeistert und eine höhere Seinsstufe erreicht.

Wir brauchen das alles nicht zu lernen, denn wir haben die freie Wahl: auch wenn wir uns für das Lernen entscheiden, wir uns immer wieder durch unsere negativen Gedanken und Gefühle. Darüber brauchen wir uns nicht jeden Tag aufs Neue zu beschweren. Wir sind frei und haben die freie Wahl dies zu ändern: JETZT!

Das Licht, die Photonenenergie und die Photonen dienen uns. Sie hören auf uns! Durch jeden Gedanken wird ein Kraftfeld erzeugt, das sich durch unsere Worte manifestieren wird und muss. Dies ist das Gesetz der Präzipitation = Umwandlung von Licht in physische Materie. Das geschieht jede Sekunde, überall hier auf der Welt.

Es wird uns nicht dienlich sein, wenn wir dies erkennen und dann uns mit unserer unserem Wissen über andere Menschen zu stellen.

Die Aufgabe lautet:

1. Verstehe, erkenne, anerkenne all das zunächst für dich selbst.
2. Mache du den ersten Schritt und verändere deine eigene (Um-)Welt.
3. Beginne am besten JETZT!

Es wird uns auch nicht dienlich sein abzuwarten, bis andere eine genaue Gebrauchsanleitung zur Verfügung stellen. Was ist in der Zwischenzeit? Was geschieht beim Abwarten? Nichts!

Was wäre, wenn 100 Personen dies verstehen würden und den Mut haben, es zunächst für sich selbst auszuprobieren. Angenommen es funktioniert - und es funktioniert wirklich - und diese 100 Personen nehmen den Mut zusammen, es weiteren 800 Personen beizubringen? Was wäre, wenn 5.000.000.000 Personen es positiv anwenden? Könnte das der ersehnte Aufstieg der Menschheit und somit der Erde bedeuten?

Was hindert uns daran? Der Glaube? Das Vertrauen? Der Mut? Die Ungeduld? Gott oder die aufgestiegenen Meister? Lehren sie uns dies nicht schon seit tausenden von Jahren? Sind sie ungeduldig dabei? Lange Zeit ist während ihrer Lehren der Liebe vergangen. Haben sie nicht genug Glauben, Vertrauen, Wahrheit, Klarheit, Geduld, Liebe und Mut für uns bewiesen?

Wo liegt der Mangel in diesen Dingen? ER LIEGT IN UNS SELBST!

Glaube an dich, vertraue dir, lasse Wahrheit und Klarheit für dich fließen! Habe Geduld für deine eigenen Vorhaben! Liebe dich selbst und habe Mut, dich selbst zu erkennen!

Mal ehrlich, ich frage euch: Wie lange lehren sie uns das schon? Warum hören wir JETZT nicht zu? Möchten wir ernsthaft weiter Sofortkarma aufbauen? Haben wir nicht schon genug aus Karmaerfahrungen gelernt?

Ist es jetzt nicht an der Zeit, das Positive, das Licht und die Photonenenergie zu bemeistern?

Was hält uns davon ab? Das Ego und unsere Egoversuchungen? Wir haben über eine lange Zeit unser Ego „verteufelt". Wir haben es gehasst und einen ständigen Dualitätskampf mit ihm gespielt. Es wird nun an der Zeit, diesen Kampf zu beenden. Es wird Zeit, das Ego zu lieben und schrittweise in unsere Vorhaben zu integrieren.

Ein Kampf gegen das Ego ist sinnlos, wir werden ihn immer wieder verlieren und uns neu verkörpern müssen. Haben wir nicht genug Negatives gelernt?

Wer ist bereit, wer hat jetzt den Mut diese neuen Dinge zu erkennen und schrittweise zu lernen? Wir stehen in dieser Angelegenheit alle noch im Lernprozess. Es gibt keine „Gebrauchsanweisung". Doch darin liegt die größte Lernaufgabe – die Bemeisterung.

Wie können wir das alles schaffen?

Indem wir uns alle untereinander unterstützen, uns helfen, das Wissen und die eigenen Erkenntnisse austauschen, denn das ist alles neu für uns! Nur in der Gemeinschaft können wir die Kraft und den Austausch finden. Die Umsetzung, alles dies lernen und erschaffen zu dürfen, wird zunächst in jedem Einzelnen erfolgen. In deinem ganz persönlichen Lernweg. Und schnell wirst du an deine Grenzen geführt. Dann brauchen wir die Hilfe und Unterstützung von anderen, die dieselbe Lernaufgabe haben. Das hier ist alles neu für uns!

Dichte, blockierende Materie kann bis zum sich ständig wiederholenden Stillstand führen, da sie mit negativen Gedanken behaftet und bewertet wurde. Die negativen Kräfte sind träge und verursachen oft Leid und Ängste.

Die Umwandlung erfolgt durch die Transformation.
1. **Erkennen:** Zunächst muss die Ursache der dichten Materie erkannt werden.
2. **Verzeihen:** Beweise dir selbst, dass du es erkannt hast, indem du dir selbst zunächst dafür verzeihst. Beweise und bestätige deine Erkenntnis, indem du der Ursache (meist andere Menschen, die es dir spiegeln) verzeihst. Somit ist der Ausgleich geschaffen für etwas Neues.
3. **Transformation:** Transformiere diese negative Energie mit Hilfe von violettem Licht.
4. **Neu wählen und bewerten:** Nun schöpfe und erschaffe für dich neu: **ICH BIN** . positive Bewertung. Schließe diesen hohen Schöpfungsprozess ab mit: **Es werde** Licht in dieser Angelegenheit.
5. **Es ist. Es ist vollbracht.** Bleibe stets nach deiner Visualisierung im festen Vertrauen. Bei Gedanken des Zweifels sage dir immer: ES IST VOLLBRACHT.

<u>Nochmals:</u> **Die Worte ICH und ICH BIN sowie ES WERDE sind Schöpfungsworte!**

Durch diese Worte oder Gedanken kommt das Elektronenlicht zusammen und erschafft etwas positiv Neues.

Es wäre keine Bemeisterung, wenn dies sofort geschieht. Je weiter du auf deinem Lernweg bist, desto schneller wird sich alles für dich manifestieren. Wenn wir noch am Anfang dieser Erkenntnis stehen, dann prüfen wir uns selbst in Wahrheit, Klarheit, Glauben, Vertrauen, Liebe und Mut.

Dies sind Lernaufgaben und sie erfordern Geduld. Wird die Ungeduld zu groß, neigen wir oft dazu, das Erschaffene wieder negativ zu bewerten. „Das schaffe ich nicht!" oder „Das ist doch eh alles Quatsch".

Durch diese Worte schwächen wir das erschaffene Kraftfeld. Nun dürfen wir wieder von vorne anfangen: „ICH BIN Vertrauen" . Es ist vollbracht!

Immer mehr trennen wir uns von unseren Selbstzweifeln und immer schneller haben wir dadurch Erfolgserlebnisse.

Eine Hilfe ist das nächste Kapitel. Durch verstärkte Visualisierung und Fokussierung werden wir unsere Ziele immer schneller erreichen. Hilfe erhalten wir durch das Photonenlicht. Diese hohen Photonenenergien die nun seit Jahren verstärkt auf unseren Planeten einstrahlen, können wir uns als lichtgesteuerte hohe Heilungs- und Ordnungsgedanken vorstellen.

Gebündelt und verstärkt wird diese Energie durch den Photonenring innerhalb unseres Universum. Er wirkt wie eine Lupe und fokussiert das heilende, ordnende Licht. Wir Menschen dürfen nun auch dieses Licht und die daraus resultierende Energiekraft für uns erkennen und anwenden. Diese Form des Lichtes wird auch kristalline Energie genannt. Die Wirkung von ordnender, heilender Energie aus Photonenlicht auf biologisches Leben, wird auch Biophotonenenergie genannt.

Gleichzeitig wirken nun verstärkt die kristallinen Energien. Sie heißen so, da sie in uns Kristalle bilden, die unsere DNS immer mehr aktivieren wird. Mit Hilfe dieser aktivierten Kristalle in uns werden wir immer schneller lichte Materie materialisieren können.

> **Heilt euren Gefühlskörper,**
> **dann kann der**
> **Gedankenkörper geheilt werden.**
> **Eure Gefühle sind eure Gedanken.**
> **Eure Gedanken sind eure Gefühle.**
> **Erkennt den Schleier der Illusion**
> **und handelt danach.**
>
> **Saint Germain**

Visualisierung und Fokussierung von lichter Materie

Zunächst ist es wichtig zu erkennen, was den freien Fluss in dir oder in deinem Umfeld blockiert. Setze dich in Ruhe hin und stelle dir selbst folgende Fragen:

1. Was ist mein vermeintlicher Mangel im freien Fluss? Was ist mein größter Herzenswunsch in diesem Zusammenhang?
2. Was habe ich dabei übersehen oder in der Vergangenheit negativ bewertet?
3. Welches Gefühl habe ich in dieser Angelegenheit? Vor was fürchte ich mich oder was möchte ich nicht sehen?

Notiere deine Gedanken und sei ehrlich zu dir. Du selbst kannst dich nicht belügen. Schreibe sie auf die linke Seite des Blattes. Nun zeichne dir hinter deinen Gedanken und deine Wünsche auf, die den freien Fluss bewirken, und notiere sie auf der rechten Seite des Blattes.

Gehe in deine eigene Stille. Höre deinen eigenen Atem, der in Frequenz mit dem freien Fluss des Ganzen im Universum ist. Rufe deine ICH-BIN-Schöpfergegenwart (siehe nächstes Kapitel und CD).

Sei dir absolut in deinen Gedanken und Taten sicher! Du bis Schöpfer und Geist, du bist eins mit der ICH-BIN-Schöpfergegenwart. Rufe nun dein höheres Selbst und im Geist alle Gedanken, die du auf die linke Seite des Blattes geschrieben hast.

Gehe mit der Kraft deiner Schöpfergegenwart in die Transformation. Lösche die linke Seite und transformiere sie.

Umwandlung erfolgt durch Transformation.

1. **Erkennen:** Ich erkenne für mich selbst die Blockaden in meinem Leben. Ich erkenne, dass ich ... (linke Seite deines Blattes) ... bisher in dieser Form bewertet habe.
2. **Verzeihen:** Zunächst verzeihe ich mir selbst für diese hervorgerufenen begrenzenden Blockaden in mir. Ich verzeihe allen beteiligten Personen, die dieses Blockaden in mir hervorgerufen haben. Ich erkenne, dass sie mir dies in Liebe gespiegelt haben.
3. **Transformation:** Kraft meiner ICH-BIN-Schöpfergegenwart transformiere ich diese begrenzenden Energien und gebe sie in die violette Flamme und in das violette Licht.
4. **Neu wählen und bewerten:** ICH BIN ... (linke Seite deines Blattes positiv neu bewerten).
5. **Visualisierung:** Nun schöpfe und erschaffe ich für mich neu: Stelle dir nun die komplette rechte Seite deines Blattes vor. Stelle dir deinen Herzenswunsch mit allen Dingen und beteiligten Personen im Geiste vor. Sei nicht bescheiden, denn DU BIST SCHÖPFER DEINES LEBENS. Nimm dir dafür Zeit.
6. **Fokussierung:** Fokussiere nun deine Visualisierung. Glaube dabei fest an deine Schöpferkraft und vertraue auf die Kraft des Universums, wie es alles ganz leicht und zum höchsten Wohl für dich und alle beteiligten Personen

regelt. Fokussiere dir nun alle Photonenenergien und das Licht. Fokussiere dir mit aller Kraft deiner ICH-BIN-Schöpfergegenwart die kristallinen Energien. Forme das Bild durch Gedankenkraft und mit Photonenenergie. Fokussiere, wie dein Bild sich formt. Fokussiere, wie der freie Fluss ins fließen kommt. VERTRAUE! FOKUSSIERE! VERTRAUE!

7. **Abschluss: ICH BIN** Vertrauen! Schließe diesen hohen Schöpfungsprozess ab mit: **Es werde Licht in dieser Angelegenheit**.
8. Sage dir: **ES IST VOLLBRACHT!** und bleibe dabei.
9. **nützlicher Hinweis**: Sprich nicht über diesen Vorgang. Die Gefahr ist sehr groß, dass du zu schnell alles „zerredest", zweifelst oder von anderen beeinflusst wirst.

Habe danach stets vollstes Vertrauen in deine eigenen Schöpfungskräfte. Habe Geduld mit dir selbst und mit dem Universum. Deine höhere Führung wird alles für dich vorbereiten und ermöglichen, da du erkannt und geschöpft hast.

Mache dich dennoch auf Prüfungen gefasst! Sie dienen in Liebe dazu, dich selbst in deiner beginnenden Bemeisterung zu testen!

Habe ich es wirklich verstanden? Habe ich wirklich das nötige Vertrauen in meine Kräfte? Kann ich mir das wirklich vorstellen? Bin ich es wert? Habe ich genug Geduld? Habe ich genug Demut vor den Kräften des Universums? Bleibe ich wirklich standhaft oder wünsche ich alles sofort wieder anders neu?

Bleibe standhaft! Die Prüfungen werden nach jeder Transformation und Fokussierung schwächer! Sollte es dir mal nicht gelingen, so bestrafe dich nicht selbst durch Selbstzweifel oder Aufgabe. Bleibe bei Gedanken des Zweifels bei deiner Aussage: ES IST VOLLBRACHT und vertraue.

Beginne am besten JETZT! Was hast du zu verlieren? Nichts – außer Blockaden!

Diszipliniert euch für das Licht!

Erzengel Michael

Die Erkenntnis der ICH-BIN Schöpfergegenwart in uns

Es ist an der Zeit, dass wir uns erinnern, wer wir sind. Wir sind Menschen und erleben das elementare Menschsein. Gleichzeitig sind wir hohe Bewusstseine und Lichtwesen, die inkarniert, dass heißt, zu Fleisch geworden sind. Jeder Mensch trägt in sich einen göttlichen Funken, seinen Seelenkern. Kein Seelenkern gleicht dem anderen. Du bist, was immer du bist (Erdenverkörperungen). Gleichzeitig bist du im Rahmen der Polarität die, die du bist und der, der du bist, in einem. Wir alle sind göttliche, multidimensionale Lichtwesen.

Durch jede Inkarnation vergessen wir aufs Neue, wer wir sind. Dies haben wir uns *freiwillig* ausgesucht, um unsere Erfahrung weit entfernt von unserem eigentlichen Zuhause in den Reichen des Lichtes und der Liebe zu sammeln.

Wir bestehen aus einem physischen Körper, anderen feinstofflichen Körpern, Geist und Seele. Wir sind Bewusstseine, die andere Bewusstseine überseelen und überseelt werden. (siehe Band I). Alle Menschen sind in Wahrheit Licht und Liebe. Alle Menschen sind in Wahrheit Christuskinder. Das Christuslicht ist in uns. Das Christusbewusstsein ist unser wahrer Ausdruck.

Da wir uns in unseren Glaubensmustern von Religionen und Ansichten verstrickt haben, hatten wir dies in der Vergangenheit vollkommen vergessen. Das Christusbewusstein hat in Wahrheit viele Namen und drückt sich in seiner Ganzheit in und um uns aus. Wir wurden zu Wanderern und Suchenden, weil wir die Wahrheit über uns schlicht vergessen haben. Nun irren wir oft umher und fragen uns: Wer bin ich, was soll ich hier und was ist meine Aufgabe?

Was ist die Wahrheit? Die Antwort lautet Licht, Liebe und Schöpfung. Das bist du in Wahrheit! Du bist Geist und der Geist ist alleinige Schöpferkraft, eine positive, liebende Kraft, die das Universum erschafft. Das bist du, als Teil des Ganzen. Du bist das Abbild der ätherischen Reiche des Lichtes und der Liebe. Jede Zelle deines Geistes ist erfüllt von deinem hohen Geist und deiner Schöpferkraft.

Jedes Mal, wenn du durch deinen Ego-Gedanken den hohen Geist veränderst, wird auch deine Schwingung verändert. Jede negative Bewertung durch dein Ego verdunkelt das Licht und die Liebe in dir.

Durch die Erinnerung an deinen wahren hohen Geist führt dich die Reise in deine eigene Schöpfergegenwart. Die Ruhe und die Schöpfung des Universums sind in dir. Das ist deine ICH-BIN-Schöpfergegenwart. Die Liebe und der freie Fluss der Schöpfung sind dein Geburtsrecht. Deine eigenen negativen Bewertungen und das Vergessen deiner göttlichen Schöpfungskräfte sind die Begrenzung.
Die ICH-BIN-Schöpfergegenwart ist die unbegrenzte machtvolle Energie unendlichen Lichtes und Liebe in der Erinnerung an deinen hohen Geist.

Deine ICH-BIN-Schöpfergegenwart ist in deinem Zentrum, in deinem Herzen. Dort sitzt auch dein Seelenkern, dein göttlicher Funke. Dieser göttliche Funke ist ein Samenkristall, gesät, von der unendlichen Kraft deines kosmischen Vaters, geborgen durch deine kosmische Mutter. Dieser Saatkristall ist ein Keim, gleich einem Samen.

Dieses Samenkorn erblüht und der Schöpfer wartet darauf, es in Liebe ernten zu können. Du bist die Hoffnung, die Liebe, das Licht und die Schöpfung.

Das Ego ist die Schöpfung der begrenzenden Energie. Die Erkenntnis der ICH-BIN-Schöpfergegenwart ist der freie Fluss. Dein geöffnetes Herz für beides ist die bedingungslose Liebe zu allem, was ist.

Dein Herz ist frei! Hab den Mut ihm zu folgen.

An diese Schöpfergegenwart wirst du nicht nur im JETZT erinnert. Unzählige Inkarnationen in alten Kulturen erinnern dich tief in deinen Zellen und Genen an die Lehren des ICH BIN und die ICH-BIN-Schöpfergegenwart in dir.

Du bist Geist und du bist Schöpfer, du bist Mikro- und Makrokosmos. Du bist in Wahrheit Licht und Liebe. In Liebe wirst du überseelt von der geistigen Lichtwelt. In Liebe vereinigt sich dein Geist mit deiner Seele und deinem höheren Selbst, welches das Christusbewusstsein ist. Der Christus ist in dir. Deine Schöpferkraft vereinigt sich mit diesem hohen Bewusstsein, das ein Teil von dir ist. Auf diese Weise kannst du keine Missschöpfung betreiben.

Missschöpfungen, negative Veränderung und alles, was dich von deiner höchsten Wahrheit trennt, ist der Egoverstand. Liebe und integriere ihn schrittweise mit deiner höchsten Wahrheit und lasse das Ego zum Diener deines eigenen Geistes und deines höheren Selbstes werden. Du bist frei.

Wenn du dich nicht wahrhaft frei fühlst, bist du Diener deines Egos. Die Verbundenheit mit deiner ICH BIN Gegenwart ist der Ausweg und geistige Aufstieg.

Die Gedanken deines Egos erschaffen nicht göttliche Vollkommenheit.

Die Gedanken deines Geistes und deines höheren Selbstes sind göttliche Vollkommenheit.

Du hast die freie Wahl.

Das EGO-Gebet:

GOTT, mein Vater, ich bringe Dir mein Ego dar.
Hilf mir und ihm die neue Energieform anzunehmen.
Lasse mein Ego erkennen, dass es verbunden ist mit der Kraft der Liebe und damit eine andere Form annehmen kann.
Hilf mir und meinem Ego die Liebe zu leben, die Freude zu spüren, die Heiterkeit zu verbreiten, die Erkenntnis zu erlangen.
Segne mein Denken, meine Worte, meine Handlungen, sowie auch ich mein Denken, meine Worte, meine Handlungen segne.
Ich denke die Gedanken GOTTES,
ich sehe mit den Augen GOTTES,
ich höre mit den Ohren GOTTES,
ich fühle mit der Liebe GOTTES,
ich handle mit den Armen GOTTES. So sei es, AMEN

Frieden schließen mit den „unheiligen" Kräften

*Das höchste Zeichen für Dualität, Polarität, den Sinn
aller Lernaufgaben innerhalb der Inkarnationen*

Das weiße Licht und die Liebe stehen dem Dunklen und Bösen gegenüber.
Das Gegensätzliche ist die Ganzheit.
Das weiße Licht sowie das dunkle Böse haben jeweils den anderen
Teil als Lernaufgabe im eigenen Zentrum.
Das Böse ist im Zentrum gut und das Gute möchte das Böse
im Zentrum lernen.
Der menschliche Verstand hat im Guten den bösen Kern als Lernaufgabe
und als böser Verstand den guten Kern.
Das Dunkle und das Licht ist das Gegensätzliche in der Ganzheit.

Der höchste Ausdruck und die Dreifaltigkeit des Bösen sind Luzifer, Satan und der Teufel.

<u>Die Worte heißen übersetzt</u>:

Luzifer der höchste böse Aspekt, der wie das Licht ist.
Luzifer, der als hoher Geist in Abwesenheit das Licht zurückbringt.
Luzifer, als hoher Geist, der als Satan der Widersacher und Lehrer
der Abwesenheit von Licht und Liebe ist.
Luzifer, als hoher Geist, der als Teufel das Böse verkörpert.

Eine etwas andere Weltanschauung von Luzifer
Nach meiner Wahrheit ist Luzifer ein wunderschönes Lichtwesen. Man könnte ihn als schönsten Erzengel im Reiche des Lichtes und der Liebe bezeichnen. Gott, wir alle, das Licht und die Liebe haben das Ziel uns zu vergrößern. Eine Vergrößerung kann nur stattfinden, indem man Dunkelheit in Licht transformiert. Im göttlichen Zentrum, im höchsten Bewusstsein, kann keine Transformation stattfinden, denn alles ist im göttlichen weißen Licht, in der bedingungslosen Liebe und unendlichen Weisheit.

Weit entfernt von diesem Zentrum existieren Welten, die noch nicht in diesem Stadium sind. Die hohen Lichtwesenheiten können sich also nur in diese dunklen Welten begeben, um dort die Dunkelheit in Licht umzuwandeln.

Um eine Transformation zu beginnen, müssen diese Lichtwesen sich für eine Weile vom Licht trennen. Da sie alle die Hauptaufgabe des Lernens haben, brauchen sie in diesen dunklen Reichen Lernaufgaben. Diese werden durch die Abwendung von Zuhause und dem Beginn von leidvollen Lernaufgaben gewährleistet. Nur so können diese Lichtwesen lernen, transformieren und die Reiche der Dunkelheit in Licht umwandeln.

Was braucht dieses erste „gefallene" Lichtwesen zu dieser Entscheidung sich vom Licht und der Liebe zu trennen? Ich würde sagen, eine große Portion Mut! Wie lautet das Lernthema für diesen göttlichen Tag (= über 4 Milliarden Jahre)? Die Lernaufgabe lautet MUT! (siehe Band I)

Es muss also ein Lichtwesen geben, das sich als Erstes für diesen Mut entscheidet. Es muss als erstes Lichtwesen diese Entscheidung treffen. Wie groß muss die Liebe für die Schöpfung sein? Wie groß müssen Mut und das Vertrauen zu seinem Schöpfer sein, auch wieder die Kraft zu haben, alleine zurückkehren zu können? Wie groß muss der Mut sein, sich *bewusst* als Widersacher gegen das Licht zur Verfügung zu stellen? Wie groß muss der Mut sein, andere Lichtwesen bewusst zu lehren, sich von der bedingungslosen Liebe loszusagen, um lernen zu können? Dieser Mut, diese Liebe zur Schöpfung ist grenzenlos.

Dieses erste Lichtwesen, das den ersten Schritt getan hat, war ist und wird Luzifer sein. Der Lichtbringer, der die Menschen lehrt zu leiden, um erkennen zu dürfen, wer, bzw. was sie sind, um dann Transformation in das Licht durchzuführen. Nur so wird das Licht vergrößert!

Luzifer, der in seiner Schwingung dem Menschen das Ego und die Versuchung geschenkt hat, um daran göttlich zu wachsen. Luzifer der die Worte: **aber** = Abwendung vom hohen Selbst und **eigentlich** = allmähliche Überlegung zur Zuwendung an das hohe Selbst in den menschlichen Verstand gebracht hat.

Wie groß ist die Liebe des Schöpfers, uns darüber die freie Wahl zu lassen, um immer wieder heimkehren zu können?

Sollten wir nun, in unserer Erkenntnis über Gut und Böse, Erzengel Luzifer und die „unheiligen" Kräfte weiterhin hassen? Sind wir nicht dabei, die bedingungslose Liebe wieder zu lernen? Sollten wir jeden Menschen hassen, der in der Verstandesschwingung der 666 ist? Wie können wir dann erwarten, die göttliche Schwingung der 999 zu erreichen? Bedingungslose Liebe heißt: alles, ohne Bedingung zu lieben. Das Zeichen 666 ist der menschliche Verstand im Ego, das uns von unserem höheren Selbst abhält. Die 666 ist die Verneinung der 999, die Transformation, Schöpfung und Aufstieg bedeutet.

Sind die „unheiligen" Kräfte wirklich unheilig? Haben sie nicht stellvertretend für Luzifer den höchsten Dienst in der Schöpfung erbracht und den göttlichen Mut bewiesen? Sollten wir Luzifer nicht bedingungslos dafür lieben? Der Schöpfer tut dies! Sind wir nicht ein Teil der Schöpfung? Warum beenden wir nicht das Spiel der Illusion und lieben Luzifer und seine Kräfte bedingungslos? Christus sagte in einer Durchsage im Band I: „Nichts ist stärker als die Liebe".

Sollten wir das Ego, das Geschenk von Luzifer hassen? Ist es nicht so, dass wir durch das Ego die Bemeisterung der Schöpfungskraft wieder erreichen?

Natürlich, als göttliche Wesen haben wir uns in diesem Spiel der Illusion erniedrigen lassen. In unseren Zellen steckt noch zum Teil tiefer Schmerz aus alten Inkarnationen. Wie oft haben wir von den Versuchungen des Teufels gehört. Die

Personen, die uns dies in der Vergangenheit am meisten gepredigt hatten, waren am meisten im Machtspiel verstrickt.

Christus wird dem Teufel nicht den Kopf abhacken! Dazu ist seine Liebe zu groß. Ich glaube schon lange nicht mehr an diese Geschichten. Luzifer ist ein ehrbares, hohes Lichtwesen. Seine Schwingung ist die Schwingung in uns, die es noch in Liebe zu transformieren gilt. Nur durch die Transformation kommt das Licht in dunkle Welten, nur so vergrößern wir uns alle im Licht.

Ich liebe Luzifer für seinen Dienst im selben Maße, wie ich Christus und Maria Magdalena liebe. Beide liebe ich im selben Maße, wie ich Gott Mutter und Gott Vater liebe.

Gott Vater ist die Schöpfung, die mir das Licht und die Gedanken sendet. Gott Mutter ist die Verkörperung der empfangenden Energien und hier stellvertretend für die Erde. Die Erde umsorgt, versorgt und behütet mich, genauso wie sie mit mir leidet. Der Sohn und die Tochter (Christus und Maria Magdalena) sind in euren Herzen und als Anteile stetig in allen Menschen inkarniert. Luzifer ist die Schwingung in mir, die ich als Abwendung des Lichtes erkennen und transformieren darf. Auch Luzifer ist in uns und stetig in allen Menschen inkarniert.

Es existiert nichts Böses, außer in unserem Verstand. Dies dürfen wir erkennen und jede Form nun ausvibrieren. Dazu gehören auch der Hass und die Furcht, egal wem gegenüber, selbst Luzifer und seinen Kräften.

Luzifer hat zu unserem und dem höchsten Wohl der Schöpfung gehandelt. Als Lichtwesen ist er längst wieder in den Reichen des Lichtes und der Liebe. Die „Restschwingungen" sind allerdings noch in uns. Wir dürfen nun seinem Weg der Transformation folgen.

Wir dürfen nicht vergessen, dass wir vor jeder Inkarnation *freiwillig* den Dienst der Getrenntheit vom Licht angetreten sind. Bewusst suchen wir uns die „unheiligen" Kräfte als Transformationsaufgabe aus. Selbst Christus ist hier auf der Erde inkarniert, um uns dies vorzuleben. Auch er hat die Schwingungen erlebt und ausvibriert. Welch ein großes Karmaspiel!

Alles möchte geliebt werden und in die Reiche des Lichtes aufsteigen, auch die Fürsten der Finsternis. Alles, was *nicht* geliebt und respektiert wird, drückt seinen Unmut in Unordnung, Angst, Gewalt und Terror aus. Wer dies an dieser Stelle nicht glauben kann oder möchte, der möge mit offenen Augen das Weltbild betrachten .

Sananda beschreibt in der Durchsage am Endes des Buches:

Ihr seid der höhere Teil, nennt euch das
höhere Selbst der Astralebene der „dunklen Welten".
Ihr seid das höhere Selbst der „dunklen Welten"!
Ihr entscheidet selbst, eure Anteile
zurück in das Licht zu führen!
So führt sie in Liebe zurück!

Das heißt für uns, da wir alle ein Teil des Ganzen sind, dass sich viele Anteile von uns in den „niederen" Astralwelten befinden. Als Anteile von uns sind sie unsere Brüder und Schwestern. Zum Teil sind es unsere Ahnen und Urahnen. Es gilt nun, sie zu akzeptieren, ihnen ihre Ängste zu nehmen, anstatt Angst vor ihnen zu haben. Wir sind das höhere Bewusstsein dieser Welten, da wir das Licht erkannt haben.

Viele dieser Anteile stecken dort fest, da sie sich weder für das Licht, noch für das Leben entscheiden können. Sie leben in einer Welt, die wir die Hölle bezeichnen würden.

Es ist nun unsere Aufgabe sie zu heilen und zurückzuführen, da wir das Wissen haben. Wir sind das höhere Selbst. Was wären wir für eine geistige Führung, wenn wir vor unseren eigenen Anteilen weiterhin Angst haben?

Das Lernthema lautet: MUT. Dazu gehört auch, alles, wovor wir uns fürchten, zu lieben und zu heilen. Eine Möglichkeit die Linie der Generation zu heilen, ist die Rückführung der Anteile in das Licht. Durch jeden Anteil, der zurückgeführt wird, steigt die Menschheit weiter in Freiheit auf. Der Wunsch der Menschheit ist Freiheit.

Dazu ist es nötig, Kontakt mit ihnen aufzunehmen, keine Angst vor den „Toten" zu haben, ihre Existenz zu akzeptieren und sie in Liebe in das Licht zu führen.

All dies sind Anteile, Kräfte oder auch Personen, vor denen wir uns in der Vergangenheit gefürchtet haben. In unserer Furcht haben wir sie zum Teil „weggedacht" und ihre Existenz verleugnet. Viele Menschen belächeln auch heute noch diese gesamte Thematik. In der Bibel steht: „Die Toten werden auferstehen!" Könnte man das nicht so übersetzen: „Die Toten werden mit eurer Hilfe aufsteigen"?

Könnte das nicht auch unsere Heilung der Generationen und der eigene Aufstieg bedeuten? Durch Abwarten und Verleugnung kann kein Aufstieg stattfinden.

Wir sind gut beraten, die „unheiligen" Kräfte zu lieben.

Das Ende der Maskerade und das Schwert
der Wahrheit und Klarheit

Wie können wir uns Menschen die Apokalypse vorstellen? Am besten gar nicht!

In der Johannes-Offenbarung am Ende der Bibel sind folgende Symbole beschrieben: das jüngste Gericht, der jüngste Tag, das Lamm, das Schwert, Masken, 666, das Tier, das neue Jerusalem, die Hure Babylon u.a. Oft deuten wir dies als Ende der Welt (Apokalypse) oder als Ende der gesamten Menschheit. Dabei haben wir vergessen, dass dieses „Johannes-Kapitel" viele Symbole und Schlüssel enthält, die es nun zu erkennen gilt.

Der jüngste Tag ist jeden Tag. Das jüngste Gericht ist im JETZT. Jede Sekunde können wir uns für das eine oder das andere entscheiden.

Überall findet hier auf der Welt ein großer Transformationsprozess statt. Diesen werden wir in allen Bereichen des eigenen Lebens, in der Weltwirtschaft, in unserer Öffentlichkeit bis hin zur Weltpolitik verspüren. Wir werden an dem großen Schwert von Wahrheit, Klarheit, Glauben, Vertrauen und Mut nicht vorbeikommen. Jede Form der Unordnung und der Lüge wird immer schneller „ans Licht" kommen. Alles, was uns vorenthalten wurde, wird nun schrittweise aufgedeckt. Manipulationen an den Menschen durch alle Arten von Medien werden uns bewusst auffallen. Intrigen und Lügen von Staatsmännern innerhalb der Weltpolitik werden systematisch enttarnt werden.

Lügen, Missverständnisse und Misstöne in den Familien werden erkannt. Aus diesem Grund entfachen immer wieder große Diskussionen unter den Generationen, die schrittweise zur Erkenntnis führen.

Jeder Mensch wird sich jeden Tag seinem jüngsten Gericht stellen und sich entscheiden für das Licht, Ordnung, Liebe und Heilung oder für Misstöne, Lügen, Hass und Krankheit. Als Schauplatz brauchen wir kein Szenario von Himmel und Hölle. In der Johannes Offenbarung in der Bibel wird vieles symbolisch beschrieben. Der „Höllenkampf" findet hier auf der Erde statt. Das neue Jerusalem ist die aufgestiegene Erde. Das Zeichen 666 ist der menschliche Verstand im Ego, das uns von unserem höheren Selbst abhält. Die 666 ist die Verneinung der 999, die Transformation, Schöpfung und Aufstieg bedeutet (vergleiche Durchsage von Saint Germain Band I).

Das Ende des Maskenballs

Wer wird die Waren kaufen, wenn alle Lügen und Manipulationen aufgedeckt wurden? Was ist, wenn die Menschheit erfährt, dass eine Ware durch Drogen, Erdöl und Waffen finanziert wurde? Wird es dann nicht ein Jammergeschrei der Händler geben? Die Hure Babylon steht für die Unordnung in uns und unsere Verneinung zu unserem höheren Geist, Wahrheit und Liebe. Das Tier steht für die Bereitschaft, Gewalt und Unterdrückung auszudrücken, um andere zu knechten.

Was ist, wenn aufgedeckt wird, dass Menschen, die die angebliche Wahrheit predigen, eine große Lüge und Desinformation verbreiten? Wer wird ihnen noch Glauben schenken? Glauben heißt nicht wissen und somit gutgläubiges Vertrauen. Was ist, wenn wir wissen, wer dieses Vertrauen missbraucht hat?

Das Lamm steht für die Reinheit, Unschuld und unserem inneren Kind, das nach Wahrheit und Liebe schreit. Dem Lamm schwingt ein zweigeteiltes Schwert aus seinem Mund. Das Doppelschwert steht für die Dualität. Das eine Schwert des Lammes ist das Schwert der Wahrheit und Klarheit, das andere steht für die negative Illusion. Mit unseren Gedanken und Worten erschaffen wir.

Die negative Seite wird nun systematisch durch Wahrheit, Klarheit und Reinheit ersetzt. Deshalb schwingt das Lamm auch das Schwert aus seinem Munde.

Alles, was nun aufgedeckt wird, führt zur Beendigung der eigenen Maskerade. Schrittweise werden alle starren Masken von Betrug, Lüge, Angst, Hass und Manipulation fallen. Alle Frauen und Männer werden aus ihren Verstecken herausgeführt und buchstäblich an das Licht geführt werden.

Geheimdienstler, die ihr „unheiliges" Spiel mit der Weltpolitik, den Weltmärkten, den Medien und letzlich auch mit den Menschen spielen, werden schrittweise sich selbst enttarnen oder enttarnt werden. Der Zeitpunkt wird kommen, an dem wir offiziell wissen, wer im Glauben war, die Drähte der Welt in den eigenen Händen zu halten. Wir werden die Namen derer erfahren, die Kriege „zum Wohle" der Weltwirtschaft angezettelt haben.

Diejenigen, die für die „dunklen" Familien einen Part spielen, werden ohne Maske und voller Scham vor uns stehen! Gleichzeitig werden diejenigen, die das Spiel „Macht" spielen möchten, immer weniger Zuspruch in den eigenen Reihen finden. Viele werden sich auch einfach zurückziehen.

Wer wird dann Richter sein? Wir, die den Part der „weißen" Familie übernommen haben. Haben wir das Recht, sie anzuklagen, wenn wir in uns selbst noch mit „dunklen" Anteilen der „schwarzen" Familie aus alten Inkarnationen zu kämpfen haben?

Ja, es ist ein Kampf, ein Kampf, der zur ganzheitlichen Erkenntnis über Gut und Böse führt. Das Resultat heißt: Liebe, unendliche Liebe.

Wir sind gut beraten, diese Frauen und Männer nicht anzuklagen, wer weiß, wann dir jemand die Maske abnimmt. Fest steht, unter jeder Maske steckt ein wunderschöner göttlicher Engel, der es absolut wert ist geliebt zu werden, auch wenn er Luzifer, Satan oder Teufel heißt. Egal ob er Hitler, Stalin oder sonst wie genannt wird, es bleibt ein göttliches Wesen, das geliebt werden möchte. Das ist bedingungslose Liebe, alles andere wäre bedeutungsloses Gerede!

Immer wieder habe ich in den Durchsagen gehört, dass wir Menschen den Aufstieg nicht alleine ohne die Erde durchführen können und umgekehrt. Immer wieder wurde darauf hingewiesen, dass wir in einer Symbiose mit der Erde leben.

So wie alles in unserer Menschenwelt eine Transformation erlebt, erfährt auch die Pflanzen-, Tier- und Mineralienwelt eine große Umwandlung. Dies wird unterstützt durch die Biophotonenstrahlung. Das hohe kristalline Licht, das aus unserem Universum, fokussiert durch den Photonenring, auf alles biologische Leben einstrahlt. Viele werden nun darüber nachdenken und sagen: Tagtäglich wird unsere Welt durch unsere Gifte verschmutzt. Das ist richtig. Auf der anderen Seite fragt euch, wie viel Heilung und Ordnung jeden Tag auf diese Erde einstrahlen und auch von uns Menschen weitergetragen werden.

Hoffnung ist Heilung, Heilung ist Hoffnung und nicht alles ist immer nur negativ, auch wenn uns dies durch viele Medien einseitig berichtet wird.

Genauso, wie wir an dem Schwert der Wahrheit nicht vorbeikommen, so werden wir auch nicht an den Schwingungen der sieben hohen Engelsfürsten, den Erzengeln vorbeikommen:

1. **Erzengel Michael**
   lehrt Wahrheit, Klarheit, Glauben und Mut sowie Vertrauen zu uns selbst
2. **Erzengel Raphael**
   lehrt uns, dass Heilung auch Hoffnung ist und umgekehrt
3. **Erzengel Gabriel**
   lehrt uns über Licht und Finsternis, die Auferstehung und das Leben, die Erlösung durch Vereinigung der Weltreligionen
4. **Erzengel Chamuel**
   lehrt uns Barmherzigkeit, Nächstenliebe und Verständnis
5. **Erzengel Jophiel**
   lehrt uns die Weisheit Gottes, Intuition, Frieden, Wissen und Erleuchtung
6. **Erzengel Zadkiel**
   lehrt uns als höchsten Anteil die Transformation und die Gnade
7. **Erzengel Uriel**
   lehrt uns den natürlichen Umgang mit Macht und Materie, Gerechtigkeit, Demut und Unterscheidungsvermögen

Die Engelsfürsten arbeiten auf ihren Strahlen, die sich in 7, 12, 21 und mehr Strahlen aufteilen. Alle Strahlen enden in einem: im weißen Licht, denn das ist die Summe aller Farben. Dieses weiße, reine Licht kennt die höchste Wahrheit: die bedingungslose Liebe zu der Schöpfung.

**Der Weckruf läuft,
der wake-up-call der Menschheit läuft bereits!**

Die Engelsfürsten arbeiten mit den aufgestiegenen Meistern der jeweiligen Strahlen und Ausdrucksformen. Verstärkt arbeiten sie mit den Menschen. Dies geschieht in einer Weise, wie es sie seit tausenden von Jahren nicht mehr gegeben hat! Warum? Die Antwort lautet: die große Anzahl aller nun aufgestiegene Meister waren Menschen, die ihren Lernzyklus des elementaren Menschseins beendet haben und nun in ihrer Ganzheit uns alle lehren. Wir haben 144.000 aufgestiegenen Meister, die wiederum nun 144.000 inkarnierte Menschen „aufwecken". Diese wiederum werden weitere 144.000 wecken.

Wir werden als Menschen nicht an den Lehren der Engel und Meister vorbeikommen. Am göttlichen Plan kann man sich nicht „vorbeimogeln". Jeder

Mensch und alle Wesen auf dieser Erde sind wichtig und jeder nimmt seinen Platz im göttlichen Plan ein.

Oft wird über den Aufstieg zu bestimmten Daten gesprochen. Es würde mich sehr wundern, wenn die Menschheit im Jahre 2012 den gemeinsamen Aufstieg erlebt, ohne in der Schwingung der sieben Erzengel und ohne Herzqualitäten zu sein.

Es wird keinen Sinn ergeben, die Hände in den Schoß zu legen und auf das Datum 2012 zu warten. Ebenso wird es keinen Sinn ergeben, auf den jüngsten Tag und den Richter zu warten. Der göttliche Plan handelt durch uns, wir sind unsere eigene Offenbarung, Gott wird sich in uns offenbaren, da wir das Ebenbild Gottes sind.

Das Ziel der Offenbarung ist die Erkenntnis über Gut und Böse. Dann und nur dann werden wir alle Lernaspekte integriert und unser Vierkörper-System verstanden, geheilt und integriert haben. Das große Werkzeug wurde uns Menschen geschenkt: die Transformation - die Wandlung in das Licht. Erst danach werden wir in unseren Herzen die Lehren des Lichtes auch leben und weiterlehren können.

Das Endziel ist die Entstehung des neuen Jerusalems, eine neue Welt, in der kein Leid, keine Täuschung und kein Tod sein werden. Dieses neue Jerusalem steht in der Offenbarung sinnbildlich für die aufgestiegene Erde.

Immer wieder wurde in Durchsagen darauf hingewiesen, dass das Datum 2012 eine Messung darstellt. An diesem Datum wird die Erde voll in den Photonenstrahl eintreten. Die Wirkung wird für die „Offenbarung" unvorstellbar groß sein, da die heilende Photonenstrahlung sein wird. Viele Menschen werden ihren „Weckruf von oben" erhalten. Immer mehr Menschen werden Botschaften empfangen und die Zahl der aufgedeckten Masken wird ab diesem Zeitpunkt für die folgende Zeit erheblich steigen.

Die ganzheitliche Erkenntnis, Ordnung und Heilung wird, wie alles in der Evolution, seine „irdische" Zeit in Anspruch nehmen. Jeder Mensch, der diese Erkenntnis erlangt, erhält auch zur gleichen Zeit eine hohe Verantwortung und Eigenverantwortung. Das ist, was mit der **Disziplinierung im Umgang mit dem Licht** in den Durchsagen gemeint ist.

Jeder Mensch, der über dieses ganzheitliche Wissen verfügt, wird die Verantwortung tragen, dieses Wissen seinem Nächsten zugängig zu machen oder ihm dabei behilflich zu sein. Das ist der göttlichen Plan der Liebe und Weisheit.

Jede Verzögerung in der Eigenverantwortung wird auch eine Verzögerung im Aufstieg bedeuten. Es wird also ohne Frage noch viel Arbeit geben, bis der Aufstieg erreicht ist. Werden wir dies alles bis 2012 schaffen?

Die Reinigung des Vierkörper-Systems und die kristallinen Energien

Wir bestehen aus vielen Körpern. Zentrale Bedeutung für den Menschen ist der physische Körper, da wir über ihn alles sichtbar und ergreifbar ausdrücken können. Der Mensch besteht aus vielen Körpern, das wichtigste menschliche Körpersystem ist unser Vierkörper-System. Es besteht aus dem physischen Körper, Gefühlskörper (Emotionalkörper), Gedankenkörper (Mentalkörper) und Ätherköper (spiritueller Körper). Über den Zeitraum unser eigenen menschlichen Entwicklung der Lernerfahrungen in unserer Welt haben wir uns oft auf den physischen Körper konzentriert und dabei die anderen drei Körper vergessen.

Es ist für uns nicht einfach gewesen, da wir die drei anderen Körper nicht sichtbar greifen und somit begreifen konnten. Wir befinden uns in einer Zeit der Transformation, die überall hier auf dieser Erde stattfindet. Auch das biologische Leben wandelt sich mehr von Unordnung in Ordnung um. Um für uns die vollkommene Ordnung, ganzheitliche Heilung und Erkenntnis (Aufstieg) erreichen zu können, ist es wichtig, unser Vierköpersystem in der heutigen Zeit zu erkennen und als Tatsache anzuerkennen.

Der **Mentalkörper** erzeugt Gedankenkraft. Der **Gefühlskörper** erzeugt Gefühlskraft. Der **Ätherkörper** enthält alle gesammelten Informationen und Lernerfahrungen aus allen unseren Erdenverkörperungen. Alle ätherischen Kräfte unserer Gefühle und Gedanken wirken im Ätherkörper und somit auch alle Blockaden innerhalb der beiden Kräfte von Gefühlen und Gedanken. Der **physische Körper** ist das Abbild und die physische Ausdrucksform des Ätherköpers.

Bilden sich Missklänge und Blockaden im Ätherkörper, so drücken sie sich zunächst im Unwohlsein bis hin zu Krankheiten oder Zellmissbildung im physischen Körper aus. Wichtig hierbei ist zu verstehen: Ist der Ätherkörper in vollkommener Ordnung, so ist auch der physische Körper heil und umgekehrt.

Die kristallinen Energien sind eine hohe Form der Photonenstrahlung. Photonen sind masselose Lichtteilchen, die einem Gedanken gleichen. Genau darin liegt die große Hilfe und Unterstützung, die uns nun durch das Universum zuteil wird. Diese Photonenstrahlung wird durch einen Photonenring (auch Photonengürtel genannt) in unserem Universum verstärkt und fokussiert.

Sie heißt deshalb kristalline Energie, da sie sichtbare Kristalle bildet, wenn sie durch Informationen oder stark fokussierte Gedankenkraft in einen Informationsträger eingebracht wird.

Informationsträger können jede Art von biologischen Leben sein, ebenso wie Wasser, Steine oder Metalle.

Am besten lässt sich dies beweisen, wenn man sich die Abbildungen in den Büchern von Masaru Emoto (Botschaft des Wassers) oder auch in ähnlichen Büchern betrachtet. Hier wird beschrieben, wie Wasser seine Informationen durch Kristalle ausdrückt. Die Erde, wie alles biologische Leben, besteht im selben Verhältnis überwiegend aus Wasser. Hier erhält man einen Eindruck, wie hoch fokussierte Gedankenkraft, unterstützt durch die kristallinen Energien eine positive Ordnung in die „Unordnung" bringen kann.

Genauso wie diese Energie Informationen in einen Wassertropfen geben kann, genau so wirkt sie in den Zellen und Genen. Es stellt sich die Frage, wie wir diese hohe Energie in uns aufnehmen können.

Der Lichtkörperprozess

Da die kristalline Energie überwiegend durch reine Gedankenkraft fokussiert wird, ist es von zentraler Bedeutung, zunächst sein Vierkörper-System zu reinigen. Durch die Transformation in unserem eigenen Ätherkörper und in unseren Gedanken und Gefühlen kann die kristalline Energie verstärkt auch in den physischen Körper gelangen.

Nur durch die schrittweise Transformation und Reinigung unseres Vierkörper-Systems werden unsere Chakren (Energieverteiler) weiter geöffnet und die Meridiane von blockierender Energie befreit. Wir Menschen haben ein zweifaches Meridiansystem, die Meridianbahnen im physischen Körper und die feinen Meridiane in unserer Aura bis hin zu unseren „höheren" Körpern. Alles ist auf feinste Art vernetzt. Über diese fein vernetzten Bahnen können die kristallinen Energien ordnend in unser Vierkörper-System eintreten.

Das ist der Grund, warum aus der geistigen Lichtwelt immer wieder über die Bemeisterung der vier Körper und über den Lichtkörperprozess berichtet wird. Nur so können wir unsere Ätherbereiche, Gedanken, Gefühle ordnen und reinigen, was sich durch Ordnung und Heilung auf unseren physischen Körper auswirken. Dies ist der schrittweise eingeleitete Lichtkörperprozess. In diesem Prozess hat man stets die freie Wahl, sich dafür oder dagegen zu entscheiden.

Durch die Wahl für Transformation und Ordnung werden schrittweise zunächst alle Blockaden aus dem Vierkörper-System beseitigt, dies führt zur Erhöhung der Chakrenenergie in uns. Durch die erhöhte „Chakrenverteilung" werden auch alle Blockaden aus unserem Meridiansystem ausgeleitet. Durch diese Ausleitung ist der freie Fluss der hohen Energien gewährleistet. Diese hohe ordnende Energie führt zur schrittweisen Veränderung in unseren Zellen bis hin zu unseren höchsten Informationsträgern - den Genen.

Dieser Prozess erfordert viel Geduld und auch eine gewisse Anpassungszeit. Wichtig ist die Bereitschaft des Einzelnen, diesen Schritt zu gehen.

Er führt uns durch viele Transformationsschritte in uns und letztendlich zur ganzheitlichen Ordnung und Heilung.

Wir werden immer friedvoller, unsere Intuition wird schrittweise verstärkt. Das führt dazu, dass wir immer mehr wahrnehmen können. Selbst alte Erlebnisse aus alten Inkarnationen werden uns nicht weiter belasten, da wir sie bereits erkannt und transformiert haben.

Der ganze Prozess lässt sich am besten mit einer kompletten Umprogrammierung eines Computer vergleichen. Alte und unbrauchbare Informationen und Dateien werden entfernt und aus der daraus entstehenden Erkenntnis der „Unbrauchbarkeit" durch neue und bessere Dateien ersetzt.

Das heißt für uns: Erkenne alle alten und unbrauchbaren Erlebnisse, alte Glaubensmuster, Gedanken, Gefühle, körperliche Unpässlichkeiten und transformiere sie schrittweise. Programmiere sie für dich ins Positive um, so dass du eins mit diesem Gedanken wirst. Dies wird dich durch einige Prüfungen führen. Bestehe sie und spüre, wie du dich veränderst. Spüre auch, wie dein Umfeld sich verändert.

Dies ist die schrittweise Bemeisterung deiner Gedanken und Gefühle, die auch zur Bemeisterung in deinem Vierkörper-System führt. Auf diesem Weg werden wir viel Hilfe durch die hohen Energien erhalten.

Wichtig ist speziell beim Beginn der Umprogrammierung und Bemeisterung unseres Vierkörper-Systems, dass wir unseren Körper an die neuen Frequenzen angleichen.

Euer Vierkörper-System ist verbunden. All diese Körper lernen auf verschiedenen Stufen. Ihr lernt und seid ein Teil von uns. Ihr seid ein Teil der großen Quelle. Ihr seid ein Teil des alles beseelenden Geistes. Versteht dies. Auf allen Ebenen lernt ihr, in allen euren Körpern lernt ihr. Integriert nun das Gelernte in allen euren Körpern. Integriert dieses gelernte Wissen. Lichtarbeiter haltet zusammen! Haltet zusammen und tauscht euch aus.

**Vywamus Band I
(Übergang in die neuen Energien)**

Es gibt nun eine Trennung zwischen der festen Form der dichten Materie und der ätherischen Bereiche. Es liegt in eurer Entscheidung, in welche Formen ihr übergehen werdet. Die kristallinen Energien stehen euch in allen Bereichen zur Verfügung, sowohl im ätherischen als auch in der festen Materie. Nutzt sie in der festen Materie stets für die Heilung. Eure physische Welt wird sich in einer angemessenen Zeit teilen. Bei dieser Teilung werden all jene kommen, die nach Heilung und Wissen fragen. All jene werden kommen und sie werden von euch geheilt und gelehrt. Ihr seid der Planet der freien Wahl.
Es ist eine neue Gitterform auf eurem Planeten erschaffen worden und sie dient für die neuen Ausdrucksformen des Mutes und der Heilung. Erkennt die neuen Zeiten. Kreiert eure Zukunft!

Zirkana in Band I
(Übergang in die neuen Energien)

Der große Frequenzausgleich axial und horizontal

Da ich immer wieder festgestellt habe, wie wichtig der Ausgleich der Frequenzen für uns Menschen ist, nehme ich dieses Kapitel noch einmal in erweiterter Form in diesem Band auf.

Durch viele Durchsagen haben wir erfahren, dass nicht nur der axiale Ausgleich (oben - unten) wichtig ist, sondern auch der *horizontale* Ausgleich im Herzen.

Was bedeutet nochmal axialer Frequenzausgleich?

Alles, was ist, ist in Schwingung. Somit sind wir Menschen mit unserem Körper ebenfalls in Schwingung. Wir sind Licht. Licht ist in Schwingung und enthält Farben, Informationen, Töne und Klänge. Unsere Sprache ist folglich eine Art „Gesang", allerdings auf einer niedrigeren Stufe im Vergleich zur Sphärenmusik und Sphärenharmonie. Alle Lichtteilchen, die unseren Körper darstellen (grobstofflich = Atome, feinstofflich = Lichtphotonen) sind in Schwingung und erzeugen daher auch einen Magnetismus. Wir erzeugen ein Kraftfeld mit magnetischen Strömen in uns und in unserer Aura.

Auf der Abbildung kann man erkennen, wie die Kraftlinien (Feldlinien) eines Magneten durch Eisenfeilspäne sichtbar gemacht werden.

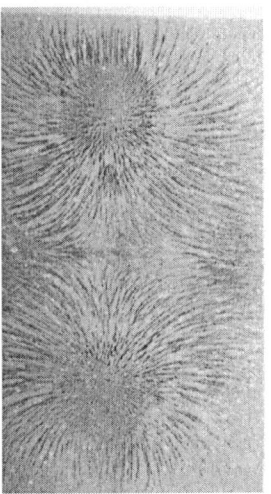

Ähnlich wie auf dem Bild durchströmt auch unsere Magnetkraft unser irdisches Sein. Die Pole werden in uns durch unsere Chakren geregelt, die Hauptpole unseres elektromagnetischen Feldes (EMF) sind die kosmischen Energien und die Erdenergien. Stellt euch nun ein elektromagnetisches Feld eines Elektromotors vor: Gibt man zu viel Energie in die Spule, wird sie durchbrennen und irgendwann stinkender- und rauchenderweise nichts mehr tun. Sie ist dann kaputt. Ähnlich wirken die großen hohen Frequenzen, die aus dem Kosmos nun auf uns einströmen. In einem Elektromotor kann man dies umgehen, indem man die Spule vergrößert. In unserem Körper sind nach meiner Überzeugung die Chakren und die Gene verantwortlich, höhere Energien aufnehmen zu können.

Ähnlich wie ein überlasteter Elektromotor reagieren nun auch der Körper und unsere Aura auf die hohen Frequenzen. Wir werden zum Beispiel: unruhig, aggressiv, haben plötzlich Gefühlsausbrüche, Ohrendruck oder heftige Kopfschmerzen. Aus diesem Grund sind eine regelmäßige Angleichung an das neue Erdgitternetz und eine Ausgleichung der Frequenzen in unserem Körper, dem Vier-Körper-System und in unserem Lichtkörper sehr wichtig.

Was ist der horizontale Ausgleich?

Saint Germain berichtete uns in einer Durchsage von der wahren Form der Bekreuzigung. Wir sind es normalerweise so gewohnt: „Im Namen des Vaters, des Sohnes und des heiligen Geistes". Dabei bekreuzigen wir uns und wenn man mal ernsthaft fragt, welche Symbolik dahinter steckt, so bekommt man meist keine befriedigende Aussage.

Saint Germain berichtete über die Bekreuzigung im Kreis des heiligen Geistes, den er liebevoll den alles beseelenden Geist nannte. Der alles beseelende Geist ist ebenfalls ein Teil von uns, unser hoher Geist und somit als Teil des Ganzen, der hohe Geist, der alles was ist, beseelt.

Der horizontale Frequenzausgleich dient zur Aktivierung unseres ICH BIN und der Aktivierung der Herzqualitäten. Diese werden durch die Sohnenergien (Christusenergie, Sananda-Energie) und Tochterenergien (Maria Magdalena, Lady Venus, Lady Nada) in uns verstärkt und ausgeglichen. Der alles beseelende Geist wirkt in unserem ätherischen Umfeld (siehe Abbildung).

Saint Germain korrigierte die Form der Bekreuzigung: „Im Namen des Vaters (alles, was ist), der Mutter (Erde), des Sohnes (Jesus, Christus, Sananda), der Tochter (Maria Magdalena, Lady Venus, Lady Nada) und des alles beseelenden Geistes.

Dies sei die Ganzheit des Frequenzausgleiches in uns und sollte so weitergegeben werden.

Die Energien fließen also wie in jedem Magnetkraftfeld durch uns wie eine Achse (axial) und durch unser Herz (horizontal). Um den großen Frequenzausgleich und die Ausrichtung (ständige Korrektur) an die neuen Energien und an das neue Erdmagnetgitterfeld kann man bitten. Dies dauert nicht lange und wie ich es in vielen Sitzungen bereits selbst an mir und anderen festgestellt habe, führt es zu einer spontanen Veränderung und Besserung der Unpässlichkeiten. Ich betone an dieser Stelle ausdrücklich, dass dies selbstverständlich <u>keine</u> ärztlichen Therapien ersetzt.

Die Übungen zum Ablauf habe ich im Anhang in diesem Kaptitel aufgeschrieben, gleichzeitig sind sie auch auf meiner Meditation-CD im Rahmen der „großen Lichtmeditation" Band I und auf der „großen ICH-BIN-Meditation" hier im Buch.

Die Quelle

↑

**Höhere Seelenebenen
(Bewusstseinsstufen)**

↑

Höheres Selbst

↑

Höhere Chakren

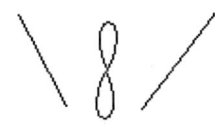

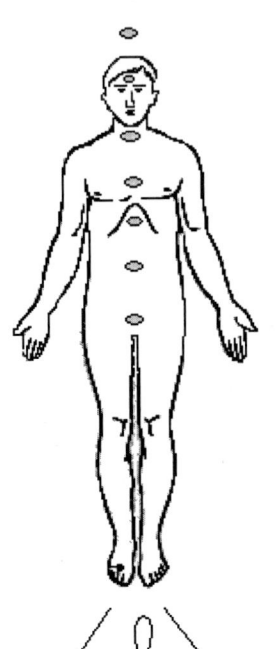

↑

sendend

hohe kristalline
kosmische Energien

↓

kosmische Energien

Erdgitternetz

↓

*Energien treffen
sich im Körper und
werden ausgeglichen*

↑

Erdenergien

empfangend

Axialer Frequenzausgleich

kosmische Energien

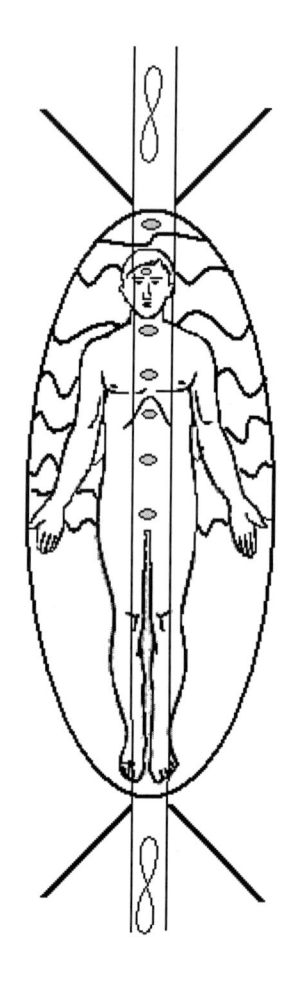

Energien durchströmen axial unseren Körper und erzeugen ein verstärktes Magnetfeld

Erdenergien

Axialer und horizontaler Frequenzausgleich

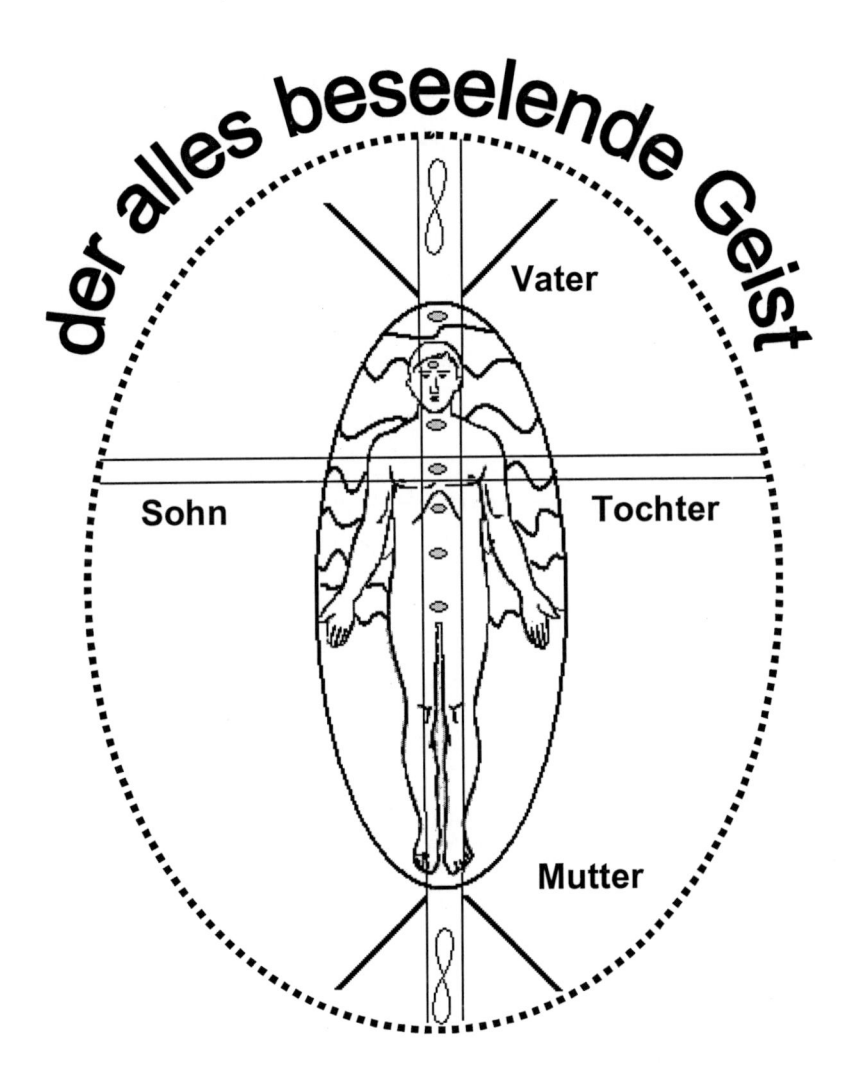

der alles beseelende Geist

Vater

Sohn　　　　　　　　Tochter

Mutter

Aufruf für den großen Frequenzausgleich durch Erzengel Raphael und der Dreifaltigkeit der Sohn- und Tochterenergien

Gehe für einen Moment in die Stille. Schließe deine Augen. Spüre deine ICH-BIN-Schöpfergegenwart in dir.

Ich bitte um den großen axialen Frequenzausgleich der kosmischen Energien. Lieber Erzengel Raphael, bitte richte mich nach dem neuen planetarischen Gitternetz aus. Bitte durchlichte alle meine Zellen und Gene meines Körpers.

Ich bitte dich um den großen Frequenzausgleich der kosmischen Energien und der Erdenergien in meinem Sein. Bitte durchlichte und polarisiere alle meine Chakren, Kanäle und Meridiane.

Lieber Erzengel Raphael, ich danke dir dafür.

Ich rufe die Dreifaltigkeit von Jesus, Christus und Sananda sowie die Herzensenergien von Maria Magdalena, Lady Venus und Lady Nada. Bitte richtet eure Liebesenergien horizontal auf mein Herz aus. Ich bitte um Aktivierung und Erhöhung meiner ICH-BIN-Schöpfergegenwart und meiner Herzqualitäten. Ich danke euch dafür.

Diesen Frequenzausgleich besiegele ich durch mein ICH BIN: Im Namen des Vaters, der Mutter, des Sohnes, der Tochter und des alles beseelenden Geistes.

Spüre deinen ausgeglichenen Körper und spüre die hohen kosmischen Energien und die Erdenergien: Sowohl oben als auch unten. Spüre die Liebe in deinem Herzen und in deinem Umfeld. Sowohl innen als auch außen.

Es hat seinen Grund, dass die Erdenergie und der Magnetismus aller Menschenkinder den physischen Körper am Leben erhalten. Ohne den Magnetismus der Erde könntet ihr nicht überleben. Der physische Körper würde es nicht aushalten, ihr könntet in dieser physischen Form nicht leben. Ihr lebt in einer Symbiose mit der Erde, in einer großen Symbiose. Spürt ihr es? Spürt ihr die großen Kräfte von Lady Gaia?

Vywamus in Band I

Die transformatorischen Strahlen

Wie bereits im Band I beschrieben, befinden wir uns im großen Wassermannzeitalter, im Zeitalter der Transformation und wie es der Wassermann von der astrologischen Sichtweise her darstellt, das Zeitalter der Freiheit.

Alle Menschen, alle Nationen möchten nun die Freiheit erfahren, doch wie schaffen wir diese neue Freiheit, die uns mit der großen Konvergenz in 1987 und der kristallinen Toröffnung (große Harmonie) mit dem 08. /09. November 2003 gegeben wurde?

Viele von uns hatten zu Zeiten von Lemuria, Mu und Atlantis bereits in den großen violetten Tempeln des Ausgleichs als Priester und Heiler gearbeitet.

Diese Tempel unterstanden dem Orden des violetten Strahls von Zadkiel und den Meistern der Transformation. Es wurde mit diesen violetten Strahlen geheilt und ausgeglichen. Viele Menschen kamen freiwillig in die Tempel, um den Ausgleich der Gedanken, Emotionen und für physische Unpässlichkeiten zu erhalten.

Mit den transformatorischen Strahlen wurde der Mensch „abgescannt", dass heißt, alle niedere Emotionen, Gedanken und körperlichen Unpässlichkeiten wurde mit Hilfe dieser Strahlen aufgelöst, bereinigt und umgewandelt zurück in die Einheit der göttlichen Ordnung.

Dies geschah mit Hilfe von violetten Kristallen, Gedankenkraft oder Händen.

Genauso können wir heute die transformatorischen Strahlen für uns selbst anwenden und als energetischer Heiler natürlich auch für andere Menschen, die große körperliche Unpässlichkeiten und emotionale Probleme haben.

Vorgehensweise:

1. Die transformatorischen Strahlen werden aktiviert, in dem ich Erzengel Zadkiel oder Saint Germain um Aktivierung in meinen Händen oder einen großen violetten Kristall (Amethyst) bittest.
2. Dann scanne (wie ein Scangerät) mit diesen hohen Energien dich selbst oder einen anderen Menschen in der Aura ab. Dabei sind deine Hände oder der violette Kristall eins mit der Schwingung der rechtsdrehenden transformatorischen Strahlen, der violetten Strahlen der Meister der Transformation.
3. Spüre die rechtsdrehenden, transformatorischen Kräfte und wende sie nur einmal an. Sage dir dabei: *Ich sehe ... (Name) heil. ICH BIN heil und die Transformation in Tätigkeit für mich selbst oder ...* (Name).
4. Sage es dir selbst oder übermittle diesen hohen Gedanken an eine andere Person: *Es ist vollbracht.* (Bleibe in dieser Schwingung des Vertrauens.)

Dieser Vorgang ist ein geistiger Vorgang und entspricht einer energetischen Energieübertragung, die aus rechtlichen Gründen nicht im medizinischen Sinne gewertet werden darf. Sie stellt eine Ergänzung der medizinischen Maßnahmen dar, die nicht abgebrochen werden sollten!

Saint Germain erklärte in seinen Durchsagen:

Wendet die transformatorischen Strahlen, die sehr viel bewegen,
stets nur einmal für alle Unpässlichkeiten an.
Lasst meine Hände zu euren werden.
Lasst meine Gedanken zu euren werden.
Ich bin bei euch. Wir sind bei euch.

Wenn du deinen eigenen Körper geistig oder mit deinen Händen von Kopf bis Fuß abgescannt hast oder den Körper deines „Hilfesuchenden", so wende diese Strahlen nur neu an, wenn eine neue Unpässlichkeit auftritt.

Du wirst spüren, es passiert viel in der Aura, denn es wird intensiv durch die Meister des violetten Strahls aufgelöst. So hat diese alte und zugleich neue transformatorische Schwingung eine große Wirkung. Je lichter und bewusster du bist, desto lichter und leichter wirst du es annehmen können.

Hat dein „Ich" Probleme, so weise ich an dieser Stelle darauf hin, dass alle energetischen Heilformen mit Glauben und Vertrauen dir selbst gegenüber zu tun haben. Es sind Vorschläge einer alten und neuen atlantischen transformatorischen Heilform.

So dient alles in diesem Buch deinem freien Willen. Mit der Transformation deiner niederen Körper, deiner Gene, den Generationen deiner ganzen Linie sowie all deiner Aspekte, bist du in der Lage, die neuen kristallinen Energien und das Christusbewusstsein deines höheren Selbst intensiv in dein Sein zu integrieren.

Lasse nach der Transformation die kristallinen Energien und die goldene Christusschwingung in dein Sein und insbesondere in deine Zellen und Gene einfließen. Du kannst dann schrittweise bei dieser Transformation und der globalen Transformation ab sofort frei von allem Karmaspiel, jeglicher Illusion von Unpässlichkeit werden.

Auch hier weise ich ausdrücklich darauf hin, dass diese Verfahrensweise keine ärztlichen Therapien ersetzt. Sofern ein Arzt oder Therapeut ein Medikament verschrieben hat, so ist dies unbedingt auch einzunehmen. Es kann jeder für sich selbst entscheiden, ob man das Medikament vor der Einnahme in dieser Methode energetisch „vorbehandelt".

Vorgehensweise bei energetischer Vorbereitung
von Nahrung, Getränken, Mineral- oder Heilsteinen, evtl. Medikamenten etc.

Aus meinem ICH BIN rufe ich Erzengel Zadkiel und die Meister der Transformation. Lieber Saint Germain, bitte lasse deine Hände zu meinen Händen werden.

Ich bitte dich um die Aktivierung der transformatorischen Strahlen durch meine Hände.

Ich bitte um Transformation aller mir nicht dienlichen Energien in .. (Nahrung, Getränk, Stein, Medikament etc.) in die göttliche Ordnung.

Konzentriere dich auf deine Hände und spüre, wie die rechtsdrehenden transformatorischen Strahlen in deinem Umfeld einwirken.

(siehe auch Meditation in diesem Buch)

Du hast die freie Wahl die neuen Energien mit Leichtigkeit und Freude zu wählen. Transformiere alle Schwere in dir und um dich herum. Lebe die Feinstofflichkeit - die feine Stofflichkeit – die Leichtigkeit dieser Erde.

Du bist in Symbiose mit der Erde.
Die Erde hat die Feinstofflichkeit gewählt!

Wähle nun für dich und du wirst dich schrittweise bemeistern. Treffe deine eigene Wahl .

Das ist die alte Energie, meine Lieben. All euer Wissen von Atlantis, ihr habt es immer mitbekommen. Ob ihr in Inkarnationen auf Atlantis ward oder auch nicht, dies gilt für alle Menschenkinder. Sie haben sehr viel von und über Atlantis gelehrt bekommen, all die Zeit. Alte Energie bedarf nun der Transformation. Mein Kind, alte und neue Energie stoßen aufeinander. Das alte Erlebte kommt nun in euch hoch, all die Zeit. Transformiert es. Bittet mich darum.
Der Weg führt euch durch das Jetzt. Ihr braucht nur meinen Namen zu rufen oder an mich denken - ich bin da bei euch. Ich werde alles Erdenkliche für euren Weg der Transformation für euch ermöglichen.
Arbeitet, transformiert, beginnt in euch meine Lieben, denn ihr seid der Schlüssel, der Katalysator. Fangt bei euch an. Ihr wisst es, viele Dinge kommen im Moment hoch, auch in euch! Viele Dinge sind geschehen auf der Erde.

Auschnitt Saint Germain Band I

Die große globale Transformation

Die nachfolgende große Transformation ist eine sehr alte Überlieferung, die ihre Gültigkeit schon in den Lehren der Essener gefunden hat. Diese große Meditation wurde in allen Zeitepochen von der weißen Bruderschaft übermittelt und ist so alt wie unser Karmaspiel.

Zunächst ist es sehr wichtig zu verstehen, dass wir im Rahmen unseres Karmaspiels nicht immer den „lichtvollen" Part übernommen haben. Gleichzeitig wurden wir ebenfalls zum Teil manipuliert oder haben uns energetisch Schaden zugeführt.

Diese alten energetischen Strukturen werden oft auch „Implantate" oder geistige Kontrollmechanismen" genannt. Dies sind alte Karmaerfahrungen oder Verbindungen, die uns im heutigen Leben oft belasten und sich unerwünschterweise ständig wiederholen. Es ist auch wichtig zu verstehen, nicht in eine Art Opferhaltung zu verfallen, denn dies gehörte alles zum großen Lernspiel des Karmas. Wir haben uns bewusst von der Quelle entfernt und uns Schaden zugefügt, um zu lernen.

Nun ist es in diesem großen Zeitalter wichtig, die ständig wiederholenden Strukturen des Karmas endgültig zu beenden, sofern wir das Karmaspiel erkannt haben.

Der große Plan lautet:

Entferne dich von der Quelle, vergiss die Wahrheit der Liebe
und lerne. Finde die Wahrheit der Liebe erneut
und kehre mit einem großen Wissen zurück!

Sofern du in dir fühlst, dass der Zeitpunkt der Erkenntnis über Karma erreicht ist, so ist es ratsam, den „Karmakampf zwischen unheiligen und lichtvollen Kräften" endgültig zu beenden. Dazu müssen wir die Illusion von alten Schwingungsbegrenzungen (Implantaten) ablegen, da sie uns in ihren alten gültigen Schwingungen von der Verbindung mit unserem höheren Selbst abhalten. Ebenso ist es wichtig, allen beteiligten Wesen zu verzeihen und alles neu zu bewerten. Diese große Meditation stellt einen „Reset-Schalter" wie an einem Computer dar. Alle alten Dateien aus diesem und vergangenen Leben werden gelöscht und positiv neu bewertet.

Alle alten Begrenzungen der vergangenen Karmaspiele und deren energetische Ableger von manipulierender Schwarzmagie, begrenzender 666-Codierungen, selbstauferlegten Begrenzungen, Flüche, Verwünschungen, Verneinung der Quelle, Schwüre, Gelübde und Versprechen etc. werden dabei gelöscht und positiv neu bewertet.

Auf diese Weise werden wir einfacher und leichter zu unserem ICH-BIN-Bewusstsein und der Christusschwingung zurückfinden.

Besonders wichtig ist diese Meditation für alle, die sich als Medium für energetische Übertragungen, egal welcher Art zur Verfügung stellen. Auf diese Weise werden die Meridiane gereinigt und die reine Energie kann durch uns durchfließen.

Nach dieser großen Meditation wird ein Reinigungsprozess eingeleitet, der sich in dir und in deinem Umfeld ausdrücken kann. Dieser Reinigungsprozess ist individuell und jeder erfährt ihn auf eine andere Art und Weise. Alles was geschieht, wird genau richtig sein, selbst wenn vermeintlich zunächst nichts geschehen wird. Es kann sein, dass du in den ersten zwei Wochen verstärkt träumst, da du mit den inneren „Aufräumarbeiten" beschäftigt bist.

Diese Meditation dient der Schwingungserhöhung in dir und sehr bald wirst du alles klarer wahrnehmen und die Umwelt in einem positiveren Licht sehen. Folgendes *kann* nach dieser großen Meditation geschehen:

1. das Gefühl von innerer Ruhe, Wahrheit und Klarheit
2. die mentalen Zwiegespräche werden ruhiger
3. der innere Druck nimmt ab
4. mediale Fähigkeiten werden verstärkt oder neu entdeckt
5. der Lebenssinn wird entdeckt oder verstärkt
6. Gefühle von innerer Liebe, Freiheit, Frieden und Freude entfalten sich
7. das Leben macht in vielen Bereichen plötzlich Fortschritte
8. unproduktive Beziehungen aller Art klären sich oder lösen sich

Gleichzeitig wird man vor negativen Schwingungen geschützt werden. Es ist allerdings von großer Wichtigkeit nach gesprochener Meditation den Gedanken zu halten: ES IST VOLLBRACHT. Selbst wenn du dir unsicher bist, behalte immer wieder in deinen Gedanken: ES IST ERLEDIGT. ES IST VOLLBRACHT. Nur bei wiederholender Unsicherheit ist es ratsam, diesen gesamten Vorgang nochmal zu sprechen.

Dieser Vorgang kann auch für andere Personen gesprochen werden, die dafür nicht im Stande sind (z.B. durch Behinderung). Es ist wichtig, den Vorgang dann an das höhere Selbst der anderen Person zu richten, mit der Absicht der freien Wahl.

Wenn du dir unsicher bist, lese dir die nächsten Seiten in Ruhe durch. Entscheide aus dem Herzen und aus deinem Bauch heraus.

Sofern du bereit bist, entspanne dich. Beginne diesen Vorgang am besten vor dem Schlafengehen, da du dich wahrscheinlich danach schläfrig fühlen wirst. Achte darauf, dass du für die nächsten zwei Stunden ungestört bist. Schalte das Telefon oder die Klingel ab. Dies ist ein Prozess ganz für dich alleine und er ist etwas ganz besonderes!
Sofern du das Gefühl hast, diesen Vorgang gemeinsam mit deinem Partner oder einer anderen Person durchzuführen, so achtet darauf, dass ihr alles im Geist und am besten laut wiederholt.

Bist du bereit?

Entspanne dich und nehme eine angenehme Sitzhaltung ein. Schließe die Augen.

Lieber heiliger Gott Vater, liebe heilige Gott Mutter, ich rufe euch und den alles beseelenden heiligen Geist. Ich visualisiere mir mit eurer Hilfe eine mächtige Lichtsäule. Das göttliche weiße Licht dehnt sich in mir und meinem gesamten Umfeld aus. Diesen mächtigen Schutzwall erbitte ich für diesen kompletten heiligen Prozess im JETZT.

Ich visualisiere mir nun eine Lichtsäule von meinen Füßen bis in das Erdinnere und lasse die Erdenergien von Mutter Erde und Gott Mutter in mich einfließen.

Ich visualisiere mir eine Lichtsäule über meinem Kronenchakra über alle Bewusstseine hinaus bis zur Quelle-allen-SEINS. Ich konzentriere mich nun auf mein Kronenchakra und lasse das göttliche weiße Licht und die goldenen Christusenergien in mein ganzes SEIN einfließen. Lieber Gott Vater, liebe Gott Mutter bitte öffnet alle meine Körper, Chakren, Meridiane und Känale, alle Verbindungen und erfüllt sie mit dem Licht der Liebe.

Empfehlung: öffne nun wieder deine Augen und lese am besten laut und aus vollem Herzen und Überzeugung:

Ich rufe nun mein höheres Selbst und bitte um Verbindung und visualisiere mir mein Herzchakra und mein Zentrum ICH BIN, mein göttlicher Funke in mir, meine mächtige ICH-BIN-Gegenwart. Alle nun folgenden Entscheidungen treffe ich in bedingungsloser Liebe zu Allem-was-ist, Kraft meiner ICH-BIN-Gegenwart als Schöpfer und Geist, als Individuum.

Ich rufe dich lieber Jesus Christus, lieber Heiland und Friedensfürst und bitte dich, breite dein Christuslicht in mir und um mich aus. Bitte erfülle mein Herzzentrum mit deiner Energie und erhöhe bitte mein Christuslicht in mir. Ich bitte nun in diesem heiligen JETZT mich aus allen Ängsten zu befreien und alle äußerlichen Kontrollmechanismen auszuschalten, die meinen Heilungsprozess beeinflussen könnten. Bitte weite und öffne mein Kronenchakra, alle meine Kanäle, Meridiane und göttlichen Verbindungen und lasse deine Christusenergie zu diesem Heilungszweck im JETZT und für alle Zeit fließen. Niemand sonst, außer den göttlichen Kräften aus dem Reiche des Lichtes und der bedingungslosen Liebe und die Christusenergie sollen diesen Kanal jemals benützen können. So sei es, JETZT und für alle Zeit.

Ich rufe Erzengel Michael von der höchsten Dimension der Stufe der Weisheit im Denken Gottes, um mich für dieses heilige Erlebnis im JETZT zu schützen. Ich rufe nun den Sicherheitskreis und die Legionen der Heerscharen der Lichtwelt aus den höchsten Dimensionen der Weisheit im Denken Gottes für den Schutz und die Verstärkung des Schildes und des Schwertes von Michael für diesen Heilungsprozess.

Ich rufe Erzengel Raphael von der höchsten Dimension der Stufe der Weisheit im Denken Gottes, um mich für dieses heilige Erlebnis im JETZT zu heilen.

Als das ICH BIN, das ich bin in vollem Bewußtsein dessen, was ich bin, rufe ich nun Gott Vater, Gott Mutter, Jesus Christus, alle Erzengel, die Meister der Transformation, die Herren des Karma, die Meister der Regeln der 3. Dimension, die Meister der Akasha-Chronik und alle Lichtwesen. Ausdrücklich erkenne ich alle mir dienlichen Gelübde, die ich jemals für die Reiche des Lichtes und der Liebe abgelegt habe, an und bitte mir alle Wege zu eröffnen, diese einzuhalten.

Ich bitte nun, mir bei der Annullierung aller Versprechen, Verträge, Gelübde, Absprachen, und aller Art von Schwüren, die nicht dem Lichte dienlich sind beizustehen und um Unterstützung, damit ausnahmslos alle diese Energien jetzt endgültig gelöst, erlöst und transformiert werden können, sowohl bei mir als auch, sofern es sein darf, bei allen daran beteiligten Wesen.

Dazu rufe ich im Denken und Schutze Gottes alle Wesen, mit denen ich je irgendwelche Verträge, Versprechen, Gelübde, Absprachen, Schwüre jeder Art geschlossen habe, egal um wen oder was es sich handelt und egal auf welcher Ebene sie sich im Moment befinden mögen, egal wann und wie es war und ist, jetzt zu mir. HÖRET! Im vollen Bewußtsein dessen wer und was „ICH BIN", Kraft meiner mächtigen ICH-BIN-Gegenwart, erkläre ich hier und jetzt mit all meiner göttlichen Macht, Kraft und Entschlossenheit, alle Verträge, alle Versprechen, alle Gelübde und aller Arten von Schwüren, alle Absprachen und sämtliche damit verbundenen Energien, Blockierungen, Implantate, selbst auferlegten Begrenzungsbarrieren, ob sie mir nun bewusst sind oder nicht, sämtliche Verhinderungen und Behinderungen auf allen Ebenen für null und nichtig, für aufgelöst und alle damit verbundenen Spiele und Machtspiele als beendet.

- Jetzt-

Ich entbinde nun mich und alle daran Beteiligten von allen daraus entstandenen Verpflichtungen und Schulden, egal auf welcher Ebene sie stattfanden und noch stattfinden und bitte alle dafür zuständigen Lichtwesen, dass nun sämtliche dieser Energien ohne Ausnahme gelöst und transformiert werden und aus meinem Dasein und dem Dasein aller Beteiligten restlos entfernt werden.

Alle disharmonischen Verstrickungen sollen jetzt beendet werden. Das Spiel der 3. Dimension ist nun für uns vorbei, die Erfahrungen sind gemacht und in der Akasha-Chronik registriert. Ich bitte nun die Aufzeichnung in den heiligen Urkunden meiner Akasha-Chronik einzutragen. Es ist vollbracht.

- Jetzt-

Ich vergebe als das „ICH BIN" das ich bin in dieser Verkörperung und im vollen Bewußtsein dessen, wer ich bin nun allen mir bekannten und unbekannten Wesen im Universum, an sämtlichen Orten, in allen Parallel-Realitäten und Parallel-Universen, an denen und in denen ich je war, aus sämtlichen Erlebnissen, die ich je hatte.

Ich sende jetzt allen vollkommene Heilung. Alles was zwischen uns steht, ist vergeben und ist geheilt.

- Jetzt-

Ich vergebe mir selbst, was in irgendeiner Form der Vergebung bedarf.
Ich als das ICH BIN, das ich bin in dieser Verkörperung, entlasse und entbinde nun alle daran Beteiligten ohne Ausnahme aus allen Vorstellungen von Schuld, Versagen und Missbrauch und deren gebundenen Energien.

So wie ich mich selbst aus Vorstellungen von Schuld, Versagen und Missbrauch und deren gebundenen Energien komplett entlasse und entbinde. Ich löse mich davon.

- Jetzt-

Ich bitte Saint Germain mit allen Helfern des 7. Strahls, ausnahmslos alle diese Energien jetzt mit den mächtigen transformatorischen Strahlen in das göttliche Licht, Liebe, Weisheit, Ordnung und Heilung zu transformieren.

Ebenso bitte ich Grace und alle Lichtwesen des 10. Strahls, die Energie der Gnade durch mich fließen zu lassen und bis in die tiefsten Ebenen alle Energien der Blockierungen und Behinderungen, wie immer sie geartet sein mögen und wo immer sie sich befinden, zu entfernen – aus allen Körpern, allen Zellen, allen Strukturen und Molekülen inklusive meinem Unterbewusstsein.

- Jetzt-

Ich bitte Gott Vater und Gott Mutter, Jesus Christus, Sananda und alle Erzengel und als mein Zeuge den heiligen alles beseelenden Geist sowie insbesondere Erzengel Raphael alle meine Wunden, Narben und Verletzungen, die durch alle diese Verträge und Absprachen entstanden sind, auf allen Ebenen vollkommen und dauerhaft zu heilen. Ich bitte um gründliche und restlose Entfernung aller Mechanismen, aller energetischen Ableger, Instrumente, Implantate, Viren, Bakterien, Mißschöpfungen sowie deren energetischen Ableger und alles was die Schöpfung von Gott Vater/Gott Mutter nicht als höchstes ehrt und dienlich ist und die Schöpfung als solches verletzt, nun endgültig und für alle Zeit rückwirkend bis auf den Beginn des kosmischen Tages zu entfernen.

- Jetzt-

Nachdem dies nun alles geschehen ist, bitte ich um vollkommene und dauerhafte Wiederherstellung meines ursprünglichen göttlichen Energiefeldes und Lichtfeldes sowie um Wiederherstellung meiner göttlichen Vollmacht in vollem Umfang.

- Jetzt –

Ich bitte die Kräfte des Mondes, sein heilendes Licht für meine Heilung aller Gefühle in meinen Gefühlskörper einströmen zu lassen.

Im Bewußtsein dessen, wer und was ich bin und als dieses ICH BIN entscheide ich mich jetzt, dass meine ganze Energiestruktur auf allen physischen Ebenen, in allen Bereichen, bis in alle Zellen der gesamten Struktur inklusive dem Unterbewustein jetzt auf die Göttlichkeit „ICH BIN" ausgerichtet und ins volle Gottesbewusstsein erhoben wird, alle meine Körper und Zellen in das goldene Licht der Quelle gebracht werden und die Illusion der Trennung aufgehoben wird.

- Jetzt-

Ich entscheide mich nun ganz bewusst, dieses Licht zu leben und zu verbreiten, wo immer ich mich bewege.
Denn: ICH BIN das Licht. ICH BIN die Liebe. ICH BIN Weisheit. ICH BIN Friede.
Kraft dessen wer und was ich bin entscheide ich jetzt.

Ich rufe nun Lord Metatron, mich von allen Ketten und Fesseln der Dualität zu befreien und bitte, dass ich nun mit dem vollen Christusbewusstsein versehen werde.

Ich bitte Erzengel Michael mich mit seinem Siegel zu zeichnen, damit ich künftig von sämtlichen Einflüssen verschont bleibe, die mich davon abhalten, den höchsten Willen unseres Schöpfers zu tun.

Ich gelobe hier und jetzt meine absolute Treue der Schöpfung, Gott Vater/Gott Mutter gegenüber durch meine Autorität meines ICH BIN und weihe erneut von nun an rückwirkend seit Beginn meines Karmaspiels mein ganzes physisches, emotionales, mentales, spirituelles, ätherisches und mein Traum-Selbst der Christus-Schwingung.

Nachdem ich dies aus tiefstem Herzen geschworen habe, erlaube ich meinem höheren Selbst, dieses Versprechen unverzüglich in meinem Leben umzusetzen.

Ich bitte dich, lieber Christus, mir in allen möglichen Lagen meiner Darseinsform als Mensch, den Weg aufzuzeigen, um dein Werk zu vollenden.

Ich bitte um die Aufnahme der hohen kosmischen Energien und der kristallinen Energien.

- Jetzt-

So geschehe es und so sei es.

ICH BIN frei!
ICH BIN die Heilung, Ordnung, Wahrheit, und Klarheit
meiner Generationslinie in Tätigkeit.
ICH BIN SCHÖPFER. ICH BIN GEIST.
ICH BIN, DIE ICH BIN und
ICH BIN, DER ICH BIN!

Ich entbiete nun Gott Vater, Gott Mutter, Christus und allen Lichtwesen, die an dieser Transformation und Heilung teilgenommen haben und sie noch zu Ende führen und allen, die mich stets auf meinem Weg unterstützen, meinen tiefempfundenen Dank.

<u>zu Ehren der Menschheit</u>

Aus dem Quell des Lichtes im Denken Gottes
Ströme Licht herab ins Menschendenken.
Es werde Licht auf Erden!
Aus dem Quell der Liebe im Herzen Gottes
Ströme Liebe aus in alle Menschenherzen.
Möge Christus wiederkommen auf Erden!
Aus dem Zentrum, das den Willen Gottes kennt,
lenke planbeseelte Kraft die kleinen Menschenwillen
zu dem Endziel, dem der Meister wissend dient!
Durch das Zentrum, das wir Menschheit nennen,
entfalte sich der Plan der Liebe und des Lichtes
und siegle zu die Tür zum Übel.
Möge Licht und Liebe und Kraft
den Plan auf Erden wieder herstellen!

(Gebet der Menscheit. Maitreya)

Spüre deine Füße, erde dich wieder und komme wieder zurück in dein Tagesbewusstsein.

Schau in deine Lichtquelle und spüre dein inneres Licht, lass das äußere Licht wirken und spüre immer mehr wie es mit Licht und Liebe immer lichter und leichter wird.

Recke und strecke dich und sei wieder ganz im Hier und Jetzt.

Sei dir bewusst, voller Gottvertrauen, dass du intensiv aufgelöst hast.

Spüre immer mehr, du bist Schöpfer, du bist Geist. Alles ist vollbracht.

Transformiere, was dich belastet und materialisiere dein Leben völlig neu, ohne zu urteilen und zu bewerten. Sei im Einklang mit all deinen Worten, Gedanken und Gefühlen. Das ist die Bemeisterung im neuen goldenen Zeitalter auf dem Weg in die Feinstofflichkeit, in das unendliche Sein.

Channelings
Durchsagen

Saint Germain
erzählt über:
Projekte der Zukunft .

nachstehende Fragen wurden
von einer Gruppe gestellt, bestehend aus:
energetischen Heilern, spiritueller Lebensberaterin,
Astrologe und Arzt

Aus den Reichen des Lichtes und der Liebe grüße
ich euch meine Lieben mit meiner violetten Flamme
der Transformation. Ich bin Saint Germain.

Ich freue mich aus meinem ganzen Sein über diese Form der Zusammenkunft, denn seht, alles wiederholt sich, meine Lieben. So auch in dieser Konstellation. Sehr viel großes altes Wissen habt ihr gelernt und habt es in euren Zellen - so auch im JETZT. Dies dient mehr und mehr eurem Weiterkommen und Wissen. Seht, viele Menschenkinder verspüren eine große Unsicherheit. Es existiert eine große Unsicherheit in eurem Gedankenkollektiv. Viele, viele Gedanken sind im JETZT bei der Zerstörung der Natur. Wisst dies: Sie wird nicht zerstört. Es findet eine große globale Umstrukturierung statt. Das, was im JETZT vermeintlich verdorrt oder zerstört wird - und viele Menschenkinder sprechen von Chaos, Verlust und Zerstörung - wurde von euch in eurem Kollektiv noch nicht erkannt.

Hohe Formen des Lichtes und der Photonenenergie fließen nun in eure physische Welt ein und alles dient der Erhöhung. So werdet ihr euch wundern, dass das, was ihr vermeintlich zerstört glaubt, gedeihen wird. Es wird zurückkehren und gedeihen. Alle eure Früchte und Pflanzen werden gedeihen. Viele Menschenkinder werden sich wundern, doch dies dient einer schrittweisen Erhöhung. Es lässt sich vergleichen mit dem, was ihr Photonenenergie nennt und vieles wird nun erhöht. Dies wird nicht zu einer Erhöhung der Temperatur in eurer physischen Welt führen, denn viele fürchten eine große Veränderung der Erdpole.

Diese Veränderung wurde bereits verhindert! Umso mehr wird nun das Klima geregelt, auch wenn euch dies nicht so erscheint . Alles dient der Erhöhung in den Zellen - so auch in den pflanzlichen Zellen - ihr werdet viel über das Pflanzenreich erfahren! Denn seht, der wahre Schlüssel zu eurer Heilung und Ernährung liegt in den Pflanzen! Ihr werdet viel darüber erfahren .

Viele der Pflanzen sind hoch entwickelte Wesen und heilen sich, aus sich selbst heraus. Ihr nehmt dies wahr als Form der Verdorrung. Seht, es wird keine Verdorrung sein und alles wird von Neuem entstehen. Das, was vermeintlich zerstört ist, wird neu entstehen. Dies ist die große Erhöhung des Lichtes und viele Tore werden nun geöffnet. Ihr werdet zwei Erdentage erleben (2003), in denen großes Licht und hohe Energien einfließen. Auch eure Wissenschaftler werden in diesem Abschnitt eine höhere Strahlung feststellen, obwohl sie sehr einfache Gerätschaften verwenden. Dies ist die schrittweise Erhöhung und Wiedereingliederung in die höheren Sphären des Lichtes.

Stellt mir nun eure Fragen und wisst aus eurem tiefsten Sein: Wir kennen uns!
Dies ist eine hohe Form der Zusammenkunft, denn ihr alle seid meine Schüler.

Lebensberaterin:
Es geht um die große Form der Lichtmedizin. Ich möchte nun Detailfragen stellen, ob du uns etwas darüber sagen kannst. Du sprachst eben über die Pflanzen und auch oft über die Ermächtigung, die wir haben für die Heilung der Gene unserer Generation und unserer ganzen Linie zu bitten. Gibt es etwas zu beachten oder gibt es neue Heilformen, kannst du uns etwas darüber sagen?

Es ist nun von größter Bedeutung mehr darüber zu erfahren über die tiefen Formen des Lichtes. Seht, alles in euch ist Photonenenergie. Sie umfasst alle Formen des Atoms. Darin liegt der große Schlüssel für eure Heilung. Viele Menschenkindern wenden dies bereits an. Formen des Lichtes und Farben um heil zu werden und eure Zellen zu heilen. Dies ist die Form der Lichtmedizin und der Photonenenergie. Eure Wissenschaftler haben dies noch nicht verstanden. Oftmals untersuchen sie die verschiedenen Moleküle und Formen der Atome und haben nicht das große Gesetz erkannt: sowohl innen - als auch außen! So wäre es euch Menschenkindern angeraten, euch mit euren wissenschaftlichen Erkenntnissen an einen großen Tisch zu setzen und die Erkenntnisse zusammenzutragen. Viele betrachten die Erkenntnisse als Geheimnisse und verstecken sie in Möbeln und Tresoren.

Viele Erkenntnisse werden im JETZT von ihnen versteckt. Viele Menschenkinder beginnen nun auf unterschiedlichen Wegen zu verstehen. Es ist immer angeraten - auch für eure Wissenschaftler - dies nun zu begreifen. Es ist nun angeraten auch für eure Wissenschaftler, die große Form der Konstellation einzelner Moleküle im Verhältnis zu eurem Planeten zu erkennen. Dies ist der große Schlüssel zur Heilung! Vieles wird durch Formen der Lichtübertragung stattfinden. Eure Zellen werden durch das Licht geheilt. Viele haben dies noch nicht verstanden.

Eure großen Informationsträger aller Inkarnationen, auch eurer Unpässlichkeiten, sind eure Gene. Vergleicht sie mit euren Geräten (Computern) und Tastaturen (Eingabegeräte), denn alles ist in euren Genen gespeichert. So kommen wir zu deiner Frage:

Dies ist die hohe Form der Heilung. Über viele eurer Inkarnationen habt ihr Wissen gesammelt, das große Wissen der freien Wahl. Dies bedeutet, euch frei entscheiden zu dürfen für euer großes ICH-BIN Bewusstsein und somit für eure große Schöpferkraft! Denn nur diese Schöpferkraft beherrscht alle Formen auf der Molekularebene. Es ist euer Verstand und euer Geist. Euer Geist ist imstande alles zu führen, auch die Elemente der Erde zu führen. Dies ist euer großes ICH-BIN Bewusstsein in eurem ganzen Sein und eurem Inneren! Dies ist die reine, kristalline Urform in euren Zellen. Doch ihr habt euch dafür entschieden, die freie Wahl in eurer physischen Welt zu erleben.

Dies beinhaltet auch, das, was ihr nicht göttlich nennt, zu erlernen. So habt ihr euch mit eurem hohen Geist bewusst abgewandt von dieser hohen Schöpfergegenwart in euch und viele Missklänge sind in euch entstanden. Versteht das hohe Gesetz des Äthers: Alles, sowohl im Innen als auch im Außen des Äthers – hat sich zu reinigen! Der Äther reinigt sich ständig. Euer Ätherleib reinigt sich – er ist ein Abdruck und die Urform eures physischen Körpers. Also reinigt sich nun auch euer physischer Körper.

Es ist eure Willenskraft ihn nun zu reinigen, nicht mit eurem Verstand, sondern mit eurem Geist. Der Geist wird dann mehr und mehr eure großen Träger – die Gene – heilen.

Über viele Inkarnationen habt ihr nun euer Wissen gesammelt und auch die Erkenntnis sowie Verweigerung eures ICH-BIN-Bewusstseins. Dies ist der Schöpfer in euch! Erkennt dies nun! Ihr Menschenkinder werdet nun daran erinnert. Diese Form des Bewusstseins endet im ALL-IN-EINS. (Saint Germain zeigt einen runden Kreis). Aus dieser Linie der Menschheit ist die 12 entsprungen. Dies sind zwölf Anteile in eurer Seele. Die Seele ist ein Ausdruck und wird hier in eurer physischen Welt zur Verkörperung. So teilt sie sich in zwölf Anteile. Dies, mein Kind, ist euer Schlüssel. Nicht nur das Wissen, auch physische Unpässlichkeiten und Missklänge habt ihr während eurer Erdenverkörperungen gesammelt. Im Bereich des Äthers, in den höheren Dimensionen des Lichtes, in die ihr mehr und mehr aufsteigen werdet, existieren kein Missklang und keine Misstöne. Durch das menschliche Wort werden Missklänge erschaffen und auch eure physischen Gedanken. Diese Missklänge manifestieren sich.

Beobachtet bewusst euren Himmel, den Blitz und den Donner. Beobachtet auch Erdbeben und vermeintliches Chaos. Viele von euch sprechen dann über Chaos, ohne zu wissen, dass sie neues verursachen.

Dies ist über viele Inkarnationen und Verkörperungen in euren Zellen und Genen gespeichert. Hört auf meine Worte und auf diesen großen Schlüssel: Eure Gene, was ihr eure DNS nennt, sind in allen Verkörperungen dieselbe. Es sind die zwei Stränge der DNS und es sind die Zehn weiteren, die die Zwölf ergeben. Dies sind eure zwölf DNS-Stränge. Das menschliche Auge und eure Geräte können nur zwei wahrnehmen. Die Erkenntnis wird die hohe Form der Lichtmedizin sein. Wir werden diesen Schlüssel noch nicht preisgeben. Erst dann, wenn eurer Wissensstand entsprechend angepasst ist und ihr das hohe System des Äthers verstanden habt.

Seht, ihr werdet zehn weitere DNS-Stränge wahrnehmen und im JETZT ist der menschliche Verstand zu sehr verleitet, diese Stränge zu manipulieren. Diese zehn hohen Stränge werden nicht manipuliert werden können, denn ihr werdet sie erst dann wahrnehmen können, wenn ihr die hohen Formen und Gesetze erkannt habt. Dies wird erst geschehen, wenn eure Wissenschaftler in einem Zeitraum von neun Jahren eurer linearen Zeit die Gesetze erkennen. Es werden die ersten Wissenschaftler sein und sie werden wohlwissend zunächst darüber schweigen. Seit euch dessen gewiss: In den höheren Formen des Lichtes werden alle Anstrengungen unternommen, euch dies nun mehr zu lehren. Seht, so ist es die Zwölf. Sie ist eine große Ableitung innerhalb eurer vielen Inkarnationen. Viele Kinder wurden in diesen Inkarnationen geboren. Dies ist eure Linie und sie endet in euren zwölf Seelenanteilen. Dies entspricht zwölf Urerdenverkörperungen. So sind es unzählige Erdenverkörperungen und dennoch immer wieder die Zwölf in der Einheit. So heilt eure zwölf Aspekte. Die Missklänge der Zwölf drücken sich nun in Formen der Unpässlichkeiten und Gefühlsausbrüchen aus. Dies sind hohe und auch für euch alte, vergangene Emotionen.

Alles ist in euren Zellen und Genen gespeichert. Viele Menschenkinder leiden unter großer Zellzerstörung und Zellentartung. Dies geschieht auf einem hohen Grad des permanenten Verstoßes gegen die hohen Gesetze der Schöpfung des Wortes. Eure Worte sind so wichtig! Vieles habt ihr in vergangenen Inkarnationen erlebt und dies ist nun das große Zeitalter! Es untersteht dem violetten Strahl. So werdet ihr erkennen, dass vieles durch violettes Licht geheilt wird. Achtet auf die Zellheilung eurer Pflanzen bei violettem Licht! Achtet auf eure Zellen bei violetten Licht. Dies ist das große Zeitalter der Transformation und Erhöhung. Diese Erhöhung und Heilung kann nur durch die tiefe Transformation eurer zwölf Seelenanteile, eurer zwölf Aspekte, stattfinden. Oftmals fragt ihr euch, wie viele Persönlichkeiten in euch stecken! Spürt in euch hinein und ihr werdet die Antwort finden: Es sind zwölf!

Oftmals könnt ihr euch nicht an alte Formen eurer Inkarnationen erinnern, so transformiert und bittet um Beendigung dieses großen Karmaprozesses!

Dies ist die hohe Form der Auflösung und Umwandlung, da ihr nun erkannt habt. Bittet um Auflösung eures Karmas und *daraus folgt die Heilung eurer Gene.* Es wird keine weitere Form der Karmaerfahrungen mehr geben. Dennoch werden viele Prüfungen folgen. Prüfungen, die euch immer mehr in eurem Unterscheidungsvermögen stärken werden. Sie stärken euch mehr euren höheren Geist (Anm: meint höheres Selbst) zu nutzen und nicht mehr ausschließlich euren Verstand. Integriert euren Verstand in euren höheren Geist und erkennt, dass ihr Schöpfer seid!

So werdet ihr immer mehr das große Gesetz der Präzipitation entdecken. Ihr werdet erkennen, dass es kein Wunder ist, aus Licht etwas zu manifestieren. Dies ist das hohe Gesetz des Äthers, das ihr Menschenkinder Manifestierung nennt. So werdet ihr imstande sein, Kraft eures Geistes, der zuvor, meine Lieben, geläutert werden muss, mehr und mehr zu erschaffen. *Ihr werdet in die Tiefe gehen und auf Wunsch eines jeweiligen Menschenwesens die Zellen heilen. Dies wird die hohe Form der Lichtmedizin sein.*

Ihr werdet auf Zellebene in euren Genen heilen, doch zunächst wendet euch diesem hohen Wissen zu. Eignet euch die hohen Formen eures Geistes an. Sprecht: ICH BIN. Dies ist die hohe Aktivierung eurer hohen Schöpferkraft in euch! Sie aktiviert die Erschaffung, den Äther und die Heilung! Seht, ihr nennt uns aufgestiegene Meister und wahrlich, wir sind aufgestiegene Meister. Doch nun ist es an euch uns zu folgen! Werdet nun zunächst Meister eures Geistes und erkennt das große ICH BIN, denn dies ist die höchste Ausdrucksform eurer Worte. Benutzt mit hohem Geist das Wort: ***ICH***.

Siehe mein Kind, all dies wird die Form und die Facetten eurer Lichtmedizin sein. So werden viele eurer Kinder, die nun noch Säuglinge sind, eine hohe Form der Aktivierung aus den Reichen des Lichtes und der Liebe erfahren, wenn der Zeitpunkt gekommen ist. Große Zentren werden entstehen und es wird eine ebenso große Teilung folgen. All jene, die an die dichte Form der Materie verhaftet sind, werden erfahren, dass es bei weitem nicht mehr so viele eurer jetzigen Heilzentren (Anmerk. meint: Krankenhäuser, Kliniken) geben wird, wie ihr sie nun besitzt. *Weitaus höhere Zentren werden sein.* Sie werden zunächst sehr belächelt werden und viele Menschenkinder werden darüber lachen. Doch ihnen wird das Lachen vergehen, denn sie werden Wunder über Wunder sehen und auf ihre Weise verstehen, dass es keine Wunder sind. Und nun ratet, wer sie darüber aufklären und lehren wird? All jene, die ihren Geist geschult haben und ihren Gefühlskörper geheilt und gereinigt haben.

Eure Gefühle sind eure Gedanken.
Eure Gedanken sind eure Gefühle.
Dies ist der große Unterschied zwischen
lichter und dichter Materie.

Siehe, damit beantworte ich dir deine nächste mentale Frage. Dies sind die lichte und dichte Form der Materie. So werdet ihr in diesen großen Zentren die lichte Form der Materie entdecken. All jene, die an die dichte Form der Materie verhaftet sind, ihnen wird der Leib durch Operation aufgeschnitten werden.

So wird diese Wandlung über einen längeren Zeitraum geschehen. Doch bereitet euch vor auf viele Wehklagen, denn viele, viele werden zunächst lachen. Doch hört auf dieses Wort: Ihnen wird das Lachen vergehen und viele werden in die großen Zentren strömen und Heilung und Schulung erfahren. *So werden die Zentren der Grobstofflichkeit immer kleiner werden und auch mehr und mehr vernachlässigt werden von euren Räten.* (Anm: meint Gremien, Politik)

Mehr Licht und Erkenntnis wird auch in eure Räte eintreten. Ihr nennt dies noch Politik, doch es werden große Räte sein. So wird ein jeder große Kontinent durch einen großen Rat geführt werden. Diese werden dann in der Vereinigung durch e i n e n großen Rat geführt werden, dessen Namen wir euch im JETZT noch nicht nennen werden. Er steht zum Teil bereits in eurer Kreation. *Doch hört: Alle Zentren der Grobstofflichkeit werden vernachlässigt werden und auch keine Beachtung mehr finden und schrittweise verkümmern.*

<u>*Lebensberaterin:*</u>
Lieber Saint Germain ich habe es gut verstanden und ich glaube, wir alle haben es gut verstanden. Ich würde gerne nochmals darauf zurückkommen, du sagtest eingangs, dies habe ich mir gut gemerkt: Heilung durch Farben oder meintest du dies geistig? Wolltest du etwas anderes damit sagen?

Vieles geschieht im JETZT. Kreiert mit eurer hohen Form eures Geistes und euer Vorstellungskraft eine Farbe und projiziert sie und somit wird sie manifestiert. Siehe, je höher der Geist, desto schwerer ist es für euer Auge dies wahrzunehmen. Es bedarf der Öffnung des Stirnauges (Stirnchakra), um dies wahrzunehmen. Vielen Menschenkindern wird nun der Schleier entnommen, da sie eine hohe Entwicklungsebene beschritten haben. Siehe, so werdet ihr Kraft eures Geistes Farben manifestieren, auch in euren Körpern und Verkörperungen. Auch eine Pflanze ist eine Verkörperung und dennoch verdichtetes Licht aus Photonenenergie.

Dies ist, was viele eurer Forscher versucht haben, zu beweisen. Sie brauchen es nicht zu beweisen, denn es existiert bereits! Dies ist, was ich den großen kosmischen Weltenstoff nenne, denn dies lehre ich bereits seit Äonen. Der Weltenstoff ist die Kraft des großen ALL-IN-EINS, des alles beseelenden Geistes, dem großen Aspekt des Vaters, der Mutter, der Tochter und für uns alle großen Aspekte des Sohnes, denn seht, ihr lebt im großen Sohn-Universum. Ihr lebt von der goldenen Christusenergie. Dies ist euer Privileg. So ist eure Verkörperung auf höheren Ebenen - eine hohe Form des Weltenstoffs und der goldenen Energie. Dieser Weltenstoff steht euch unbegrenzt zur Verfügung. Unbegrenzt zur Nahrung, Versorgung und unbegrenzt zu eurer Heilung!

Ihr glaubt meine Lieben, euer Fleisch ist alt? Ihr werdet es kennen lernen, denn wir werden euch diesen Widerspruch in einer gewissen Stufe lehren. Jedem Einzelnen und ihr werdet erfahren, worüber ich im JETZT spreche, denn wir haben bereits darüber gesprochen. Dies ist die hohe Form der schrittweisen Erhöhung der Elektronenschwingung. Alles wird beschleunigt und manifestiert mit den Worten: ICH BIN. Alles *wird herbeigeholt* mit dem Wort: ICH. Das Herbeigeholte manifestiert ihr mit dem ICH BIN. Nun, ihr lebt im Gesetz der freien Wahl, so entscheidet euch für die eine Seite oder für die andere Seite. Doch wisst: Ihr könnt nicht gleichzeitig zwei Herren dienen! So entscheidet euch für die lichte Form der Materie oder für die dichte Form. Doch erkennt meine Lieben, *die dichte Form der Materie ist nicht grenzenlos, sie ist vergänglich.* Die lichte Form der Materie kennt keine Zeit, es ist das JETZT. Sie kennt keine Begrenzungen, keine Krankheit. So werdet euch über euer ICH-BIN-Bewusstsein bewusst und wählt!

Dies ist eine Form des kosmischen Witzes, denn während ihr diese Form der Botschaft aufnehmt, weiß ein Teil von euch bereits darüber. Darum geht in die Stille und ruft euer Wissen ab, denn es dient euch der Aktivierung dessen, was ihr ohnehin schon wisst.

Es ist mein Wunsch, dieses Wissen weiterzugeben. Dies ist der Grund für unser Treffen im JETZT, so gebt dieses Wissen nun an all jene weiter, die dieses Wissen suchen. Auch an all jene, die in großer Verzweiflung leben, denn dies ist die Form mit Licht zu heilen. Es werde Licht!

Auch werdet ihr viele Geräte zu eurer Hilfe erfinden und zum Teil habt ihr sie bereits erfunden. Ihr werdet Geräte erfinden zur Erzeugung von Licht, zur Erhöhung eurer Photonenenergie. Dies ist ein großer machtvoller Nebel innerhalb und außerhalb eurer Atome. So werden eure Wissenschaftler erkennen, dass ein Atom nicht nur zerstört werden kann, um diese Kraft des Nebelmantels zu entfachen. Der große Schlüssel liegt im Elektronenschleier, den ihr zum Teil mit euren Geräten, den Mikroskopen wahrnehmen könnt. Sichtbar unter diesem Gerät ist ein Lichtschleier, dies ist der Schlüssel und der große Weltenstoff!

Ihr werdet dieses Licht immer mehr sichtbarer machen für euer menschliches Auge, denn oft glaubt ihr erst an das, was ihr sehen könnt. So werdet ihr den Schleier des Lichtes entdecken und darin liegt der Schlüssel zum unbegrenzten Weltenstoff, der auf eure Worte der lichtvollen Schöpfung hört! Der Weltenstoff der Nahrung, Versorgung, Heilung und Manifestierung. So werdet ihr auch lernen, daraus Gebäude und materielle Stoffe zu errichten. Sogar zum Musizieren, um euch mit allem zu versorgen, was ihr benötigt, wie Kleidung, Ernährung und vieles mehr .

Alles steht euch unbegrenzt zur Verfügung!

Doch ihr werdet euch erst das große Wissen der Präzipitation aneignen können, wenn ihr die zwölf Anteile geheilt, euer Vierköpersystem gereinigt habt und euch des großen ICH-BIN-Bewusstseins auch bewusst seid. Dies ist die Schöpferkraft in euch und das große Geschenk des Lichtes. Es steht einem jedem Menschenkind frei, ihr habt die freie Wahl.

Dies ist der wahre Grund der freien Wahl.

Lebensberaterin:
Lieber Saint Germain darf ich es nochmal wiederholen? Ich habe es so verstanden, dass wir zunächst transformieren mit unseren zwölf Anteilen und unser Vierkörper-System reinigen. Ich habe mich vor ein paar Jahren bereits mit der Präzipitation beschäftigt und es so verstanden, dass dann, wenn wir wirklich frei sind, mit unserem ICH-BIN manifestieren. Ist das so richtig?

Dies ist die hohe Weisheitslehre, übermittelt durch Meister der Weisheitslehren. Auch dies gleicht einer Form des kosmischen Witzes, denn ihr alle besitzt dieses Wissen bereits!

Niemals hättet ihr auf anderen Planeten oder in den großen Epochen von Lemuria, Mu und Atlantis mit dem Licht heilen können, ohne dieses Wissen zu besitzen. Ihr Menschenkinder nennt dies Geheimlehren - denn IHR habt eine Geheimlehre daraus gemacht, aus eurem Verstand heraus! Nun, dies ist das Zeitalter der Transformation und somit wird das goldene Zeitalter sehr schnell folgen, da ihr an alles erinnert werdet. Doch zunächst ist die Transformation in euch von Nöten! Eine tiefe Transformation all dessen, was euch belastet und den reinen Durchfluss, Reinheit, Wahrheit und Klarheit, der Zwölf blockiert. Diese Blockaden sind entstanden und im Äther „registriert" und sie werden permanent an eure Zellen gesandt.

Die <u>Ursache</u> ward ihr selbst, die <u>Wirkung</u> erlebt ihr im JETZT!

So werdet ihr Zellentartungen niemals mit eurem Verstand besiegen können! Ihr werdet sie nur mit eurem Geist besiegen, Kraft eures ICH BIN. Zellzerstörung werdet ihr durch euer ICH-BIN-Bewusstsein erneuern. Doch hadert niemals, denn das ICH BIN reagiert sofort! Es reagiert im JETZT. Bei einem aufgestiegenen Meister reagiert es stets sofort, doch nicht im menschlichen Verstand. Der Verstand fordert das: SOFORT. Das SOFORT wird nicht stattfinden im JETZT, denn es kennt keine Vergangenheit, Gegenwart und Zukunft. Es kennt keine Geduld. Die Ungeduld und das SOFORT sind in eurem Verstand. Ihr werdet auf diesem Lernweg Geduld benötigen, um alles zu heilen und eure eigene Bemeisterung eures Lebens und des ICH-BIN-Bewusstseins zu erlangen.

Achtet auf die Worte all jener die gesund wurden, nach Zellzerstörung und Zellentartung. Achtet auf ihre Worte, denn sie sind stets ICH BIN. Sie haben gelernt, das ICH BIN in einer konstruktiven, nicht destruktiven Form einzusetzen. Dies führt nach den hohen Gesetzen des Lichtes zur Heilung.
Eure lineare Zeit rast in das JETZT. Es führt immer, immer schneller in eurer linearen Zeit zur <u>sofortigen</u> Manifestierung all eurer Missklänge und negativen Formen von ICH BIN. Dies dient euch des Lernens. Um so weiter ihr fortgeschritten seid und euren Geist erhöht und dennoch die Formen des ICH BIN missbraucht, um so eher werdet ihr es spüren.

Die konstruktiven Formen des Lichtes und das ICH BIN sind für euch alle an Prüfungen verknüpft und damit verbunden. Besteht sie und werdet heil! Besteht sie und reinigt eure Körper. *Eurer physischer Körper ist so ausgerichtet, dass er niemals heil werden kann, wenn der Äther nicht heil ist.* So kann sich niemals eure Luft kühlend erfrischen, ohne ein Gewitter.

So wie euer Ätherleib, so auch der physische Leib!

So reinigt euren Gedanken-, Gefühls-, Äther- und somit auch euren physischen Körper.

Lebensberaterin:
Wir haben im Moment in unserem Bekanntenkreis sehr viele Jugendliche, die im Moment sehr heftige Reaktionen in ihren Gefühlen haben, obwohl sie auch teilweise Indigokinder sind. Wie können wir mit ihnen umgehen und ihnen helfen, außer mit Frequenzausgleich. Was können wir tun?

Seht, sehr vieles ist in Verbindung mit eurer Familien- und Generationslinie. Viele kleine Menschenkinder werden nun ohne Verhaftung von Karma geboren. Viele jüngere Menschenkinder haben nur ein geringes Maß an karmischen Verhältnissen. Sehr vieles wird ihnen nun durch ihr eigenes Umfeld zugetragen. Sie haben die hohe Aufgabe, ihre Generationslinie zu heilen und ihr zu helfen. Hört auf diese Worte! Aus diesem Grund erscheinen sie euch zunächst oft als Rebellen. Seht, in gewisser Form sind sie auch eine Form von Rebellen.

Es spielt dabei keine Rolle, wie alt sie sind. Sie werden all jenes zum Ausdruck bringen, das auf Missstände und Unpässlichkeiten in ihrem Umfeld hinweist. So erfahren sie oftmals große Gefühlsausbrüche in ihren Gefühlskörpern und in ihren Gedanken. Ihre innere Welt ist zu schnell für ihre äußere Umwelt. So schauen sie auf ihre Generation und sie verstehen oft nicht, warum alles um sie herum so langsam verstanden und umgesetzt wird. Nun, sie haben die Geduld zu lernen. Ihre Generation hat das Verständnis zu lernen. So werden sich die Generationen auf einer Ebene treffen. Es wird keinen Sinn ergeben, sie mit Formen von euren Medikamenten zu behandeln oder sie sogar ruhig zu stellen, denn dies ist eher eine Unpässlichkeit in eurem Sprachdialog. Es ist nun die ältere Generation aufgefordert, mit der jüngeren zu kommunizieren und sich zu akzeptieren, denn dies stellt die Endstufe des Karmas dar. Diese Karmastufe muss nun geschlossen werden.

Alle Tore, die im ätherischen Bereich geöffnet wurden, müssen nach einem hohen kosmischen Gesetz auch wieder geschlossen werden. So bilden eure Kinder „der blauen Aura" (Indigokinder), die Neuzeitkinder, wie ihr sie nennt, den Abschluss eines Karmatores. Sie werden so lange innerlich rebellieren, bis sie ihr höheres Ziel erreicht haben:

Das Tor des Karmas zu schließen, da ihre Generationslinie geheilt wurde.

Immer höhere Formen von Seelen werden nun geboren, mit immer höheren Aufgaben *und der größte Anteil von ihnen besitzt kein Karma mehr. Dies stellt die hohe Form ihres „Blau" in ihrem Energiefeld dar. Hört auf diese Worte! Dies ist das Siegel aus der großen Linie des blauen Strahls von Erzengel Michael. Lest in euren Büchern und in euren alten Schriften und versteht nun im JETZT das Symbol der Siegel! Das Karmasiegel wird nun schrittweise geschlossen! Aus diesem Grund tragen sie das tiefe Blau des Schutzes, denn sie versiegeln nun schrittweise das Tor des Karmas!*

Sie werden nicht eher Ruhe geben, bis die gesamte Linie ihrer Generation „wachgerüttelt" wurde und geheilt wird. Geheilt durch Kommunikation und Aussprache. Viele Worte und Taten heilen! Aus diesem Grund sind sie Rebellen und oft für viele sehr unbequem!

Lebensberaterin:
Aber warum sind manche so draufgängerisch? Vieles, was sie tun, führt schon oft fast zur Selbstzerstörung, oder ist das nur unser Anschein?

Siehe, beobachte eine Sonnenblume und beobachte die große Hitze (Sommer 2003), die große für euch vermeintliche Hitze wird die Sonnenblumen verdorren. Dies ist für euch sehr zerstörerisch von der Hitze der Sonne, nicht wahr? Aus der verdorrten Blume folgt eine große Anzahl von Samenkörnern. Diese vermeintliche Zerstörung der Dürre, wie ihr sie nennt, sie hat stattgefunden, um den Zellkern innerhalb der Sonnenblume zu erhöhen, um weitaus größere und prächtigere Sonnenblumen entstehen zu lassen. Weitaus größere Felder von Sonnenblumen werden durch sie entstehen. Siehe, so steht ihr da auf dem Sonnenblumenfeld und ihr schaut auf die verdorrten Pflanzen. Ihr klagt und lebt somit nicht im JETZT. Lebt im JETZT und ihr werdet erkennen dass ihr ein ganzes Meer von Sonnenblumen um euch herum seht.

Dies erfordert eine gewisse Zeit, eurer linearen Zeit. Und im Jahr darauf wird keine Dürre sein. Es wird sehr viel Regen sein und alles erblüht in einer wunderschönen Pracht und Schönheit. Ihr könnt auch dann entscheiden, euch darüber zu freuen oder erneut über die zerstörerische Kraft des Regens zu klagen. Siehe, so ist es auch mit der vermeintlichen Selbstzerstörung in eurer linearen Zeit, dies betrifft nicht das JETZT. Wie groß ist doch das große Spiel des Karmas!

So frage ich euch, wie oft habt ihr euch selbst zerstört innerhalb eures Verstandes und eurer Erdenverkörperungen? So ist es ein kleiner Anteil einer kleinen Zeit, einer vermeintlichen Selbstzerstörung. Siehe, eure Kinder wissen in ihrem tiefen Inneren, was sie tun! Oh, sie wissen, was sie tun!

Doch eure Fragen beziehen sich in euren Gedanken auch auf die älteren Menschenkinder. Ihnen ist es dringend angeraten, den großen **axialen Frequenzausgleich** (siehe Buch Übergang in die neuen Energien) anzuwenden. Dies ist der Ausgleich der empfangenden Erdenenergien der Mutter und den sendenden Energien des Vaters. Sofern ihre Herzen gebrochen und nicht in der Schwingung der göttlichen Ordnung sind, so raten wir euch zum großen zum **horizontalen Frequenzausgleich** mit den puren Herzensenergien des Sohnes und der Tochter. Der Sohn (Christusenergie) repräsentiert euer Sohnuniversum. Dies ist die Christusenergie in euch. Dieses Bewusstsein erkennt das ICH BIN in euch. Die Tochter ist die große Vereinigung der Liebe, die repräsentiert wird durch den Planeten Venus, hier in eurem Sohnuniversum. So richtet und gleicht euch axial und horizontal aus. Dies ist die **wahre Bekreuzigung**. Besiegelt dies mit dem großen Kreis des alles beseelenden Geistes. Dies raten wir nun euren älteren Generationen, die diese hohen Formen der blauen Aura nicht tragen. Gleicht und richtet euch aus und ihr werdet keinen Schaden erfahren. Es ist euer Verstand, der sich mehr und mehr aufwiegelt, gegen die hohen kosmischen Energien, die nun fließen.

Ihr werdet viele Menschen an ihren Augen erkennen und sie werden in Scharen kommen und nach dem großen Ausgleich fragen, manche werden sogar danach betteln. Sie werden euch viel Materie und Geld anbieten, doch ihr werdet dann erkannt haben, dass dies nicht in Materie zu bewerten ist.

Viele von euch werden feststellen, dass viele von eure Medikamenten nicht mehr wirken werden. Ihr werdet es nicht alles regeln können, denn immer mehr

Menschenkindern mit höherer Schwingung wird dies nun gelehrt: Es ist nicht alles regulierbar durch eure Vielfalt von Medikamenten!

Es wird regulierbar sein, durch Reduzierung eurer inneren und äußeren Belastungen und Druck.

Innerer Druck wird in euch durch äußeren Druck ausgelöst. Dies ist ein physisches Gesetz und es findet jederzeit seine Wirksamkeit. So entstehen viele eurer Gefäßerkrankungen. Je größer der innere Druck in euch ist, desto größer auch euer äußerer. Dann greifen viele Menschenkinder zu Formen von Medikamenten, sogar Rauschmitteln. Dies erhöht euren inneren Druck. Doch der Zwang und euer Verlangen diese Formen einzunehmen, ist stets euer äußerer Druck. So erkennt euren Spiegel in eurem direkten Umfeld. Fragt diejenigen, die diese Formen der Erkrankungen haben, nach ihrem inneren und äußeren Druck. Sie werden euch vieles berichten!

Nun werde ich auf eure mentalen Fragen aus den Bereichen Astrologie, Musik und der Heilung eingehen. Dies ist eine Fortsetzung meiner Lehren, das Ganze zu verstehen und beinhaltet die Formen der Heilung im Zusammenhang mit der Astrologie und Astronomie. Es wäre ein kosmischer Witz über Heilung zu sprechen, ohne die hohen Formen der Astrologie, Astronomie und die Formen der Musik nicht mit einzubeziehen.

Astrologe:
Lieber Saint Germain, ich begrüße dich und danke dir, dass ich dir Fragen stellen darf. Ich möchte das Gebiet der Astrologie ansprechen. Du hattest selbst über das hohe Wissen der Astrologie gesprochen. Dazu habe ich Fragen: Welche Möglichkeiten siehst du für uns, in der heutigen Zeit, das hohe Wissen der Astrologie in einer Form zu nutzen, dass sie für menschliches Verstehen zur Bewusstwerdung und Heilung führt?

Siehe mein Sohn, dieses Wissen wurde dir bereits in vielen Erdenverkörperungen gelehrt und dient nun zur Aktivierung sehr vieler Menschenkinder, auch in deinem und in eurem Umfeld. Vieles wird nun in euch „erweckt" und reaktiviert, so schulen wir euch in euren Träumen. Mehr und mehr werdet ihr nun die großen Zusammenhänge eurer Erdenverkörperungen erkennen. Auch werdet ihr die Konstellationen aller Planeten innerhalb dieses Universums lehren. So stellt dies die kleine Form der Astronomie dar, da ihr nicht alle Planeten erforscht habt. Dieses System entspricht eurem Chakrensystem und ist der Schlüssel dazu. So beachte die dir und euch bekannten Planeten und vergleiche sie mit den Chakren. Beobachtet auch den Mond und setzt ihn gleich mit eurem Gefühlskörper. Wisse mein Sohn, der Mond hat große, beachtliche Kräfte in eurem Gefühlskörper. Dies ist die kleine Astronomie.

Die große Astronomie wird euer Sohnuniversum mehr und mehr als Thema behandeln. So werdet ihr viele, viele neue Planeten entdecken. Planeten, die euren höheren Chakren entsprechen. Ihr werdet dies erkennen in Verbindung und im Zusammenhang mit Tönen und Farben. So werdet ihr in eurer Form der Zukunft eurer linearen Zeit auf hoher Ebene der Astronomie heilen, nach der großen Form der Konstellation der Planeten. Ihr werdet das Licht erkennen und errechnen können und damit heilen. Siehe, es ist stets eine große Konstellation und ein großes Kraftfeld. Jede Erdenverkörperung bedarf einer physischen Inkarnation. Im JETZT sind diese Kräfte und Konstellationen zu allen Monden und Planeten festgehalten, dies ist die Form der Astrologie (meint: Geburtshoroskop).

Viele Menschenkinder, so auch du, habt dieses große Wissen der Deutung gelehrt bekommen. Dies dient der anfänglichen Astronomie. So wirst du und viele andere Menschenkinder mehr und mehr geschult werden, die höheren Formen der Astronomie zu verstehen.

Doch nun zu deiner mentalen Frage.

Astrologe
Du sagst manchmal Astrologie und manchmal Astronomie. Wie können diese beiden Bereiche miteinander verknüpft werden? In unserer heutigen Zeit werden diese Bereiche noch zu oft getrennt von einander behandelt?!

Sie werden ALL-IN-EINS geführt, denn sie sind ALL-IN-EINS!

Seht, ihr könnt nichts trennen, was nicht trennbar ist!

Nur so entstehen für euch so viele große Fragen. Vereinigt diese beiden Bereiche! Macht euch vertraut mit den Planetenkonstellationen und ihren Umlaufbahnen. So macht euch auch vertraut mit den Umlaufbahnen eines Atoms oder den Atomkonstellationen. Dann habt ihr den Schlüssel erkannt.

Astrologe:
Das Letzte konnte ich nicht verstehen, die Umlaufbahnen eines Atoms?!

Oh ja, mein Sohn, alles ist in einem Zentrum. So bildet auch der Kern eines jeden Atoms oder dessen Konstellation ein Zentrum. Alles dreht sich um diesen Kern herum, so auch in eurem Sohnuniversum. Dies ist für euch die große Erkenntnis des Mikro- und Makrokosmos, des kleinen Universums in euch und um euch sowie für euer großes Universum. Siehe, verknüpft das Wissen der Astrologie und der Astronomie und Großes wird entstehen. So werdet ihr in der Astrologie mehr deuten können und auch verschiedene Formen der Unpässlichkeiten und Erkrankungen wie bestimmte Zellerkrankung deuten können, denn dies ist der wahre Schlüssel!

Alles ist in der großen Akasha-Chronik festgehalten, so auch der Zeitpunkt im JETZT und der Zeitpunkt aller Konstellationen der Planeten und Kräfte. (meint: Horoskope)

Astrologe:
Du hast mich neugierig gemacht.

Siehe, dies ist unser Zweck! Viele, viele Menschenkinder werden nun neu – gierig.

Astrologe:
Du hast von den Zuordnungen der Chakren gesprochen. Kann ich darüber mehr Klarheit erfahren, wie man solche Zuordnung auch hilfebringend anwenden kann?

Dies dient deines und eures Unterscheidungsvermögens! Doch erkenne, es ist die Venus, der Planet der eurem Herzen entspricht. Es ist der Planet Venus, der eurem Herzchakra entspricht. Der Rest mein Sohn, ist eine Schulung aller meiner Schüler und du bist mein Schüler! So deute den Rest und du wirst das ganze Bild erkennen und du wirst in Freude über dich selbst lachen!

Arzt:
Lieber Saint Germain, wie du weißt, bin ich erst seit kurzem in die energetische Heilung meiner Patienten eingetreten und heile nun auch über meine Hände. So gehört für mich doch eine große Portion Mut als Schulmediziner dazu, da man oft verlacht wird und sich unsicher ist. Aber dann war ich auf einmal sicher, da ich merkte, dass ich auch geführt und unterstützt wurde und jetzt wollte ich dich fragen: Ich bin in mir überzeugt davon, wenn ich Energie mit meinen Händen auf meine Patienten übertrage, ist das Licht, ich meine das reine Licht? Was sagst du dazu?

Zunächst mein Sohn, großes altes Heilwissen fließt durch dein ganzes Sein! Siehe, deine ganze Linie ist die ganze Linie der Heilenergie des Erzengels Michael: Er lehrt dich den Glauben, Vertrauen, Wahrheit, Klarheit und Mut des Lichtes. Es ist deine Linie des Lichtes und deine aufgestiegenen Meister El Morya und Serapis Bey betreuen dich im großen weißen Strahl. Es sind zwei Meister der hohen Formen der kristallinen Energien und des weißen Strahls. Doch höhere Formen als dieser Strahl fließen durch deine und eure Hände: Es ist das reine weiße Licht. So konzentriere dich und bitte um das reine weiße Licht und es wird fließen. Bittet auch um meine violetten Energien und es werden meine Energien fließen. Heilung und eure Fokussierung manifestieren sich sofort. Das Licht reagiert sofort auf euch. Dies ist das hohe Gesetz des Lichtes. Es ist das pure Licht, mein Sohn. In vielen Erdenverkörperungen hast du das Licht und die Heilung sogar gesehen. Mehr und mehr habt ihr euch abgewandt von den hohen Formen und Heilformen in Atlantis. So wisse, es ist das pure Licht, das durch deine Hände fließt.

Lasst meine Hände zu euren werden!

So lasse für die transformatorische Heilung der violetten Strahlen meine Hände zu deinen werden. Rufe und ergreife im Geist meine Hände und lasse sie zu deinen werden. Bittet um meine violette Flamme und um meine transformatorischen Strahlen und sie werden dir und euch zuteil. Das Licht sucht sich stets seinen Weg!

Es wird dort fließen, wo es durch eure Erlaubnis zur Heilung fließen darf, denn dies ist das Gesetz der freien Wahl. *Dies beinhaltet auch die freie Wahl zur Heilung!* Es ist eure freie Wahl zu heilen und geheilt zu werden. Wir danken dir und wir danken und ehren euch für euren Mut. Sieg an deinen und euren Mut! Eine große Aufgabe wartet auf dich und auf euch. Mehr und mehr werdet ihr sie erkennen und Führung aus den Reichen des Lichtes und der Liebe erfahren.

Wisst: Sie werden lachen, sehr viele werden darüber lachen. Doch wisse, ihnen wird das Lachen vergehen. In einer sehr kurzen Zeit, eurer linearen Zeit, wird ihnen das Lachen mehr und mehr vergehen und sie werden neugierig werden. Mehr und mehr wird das verkümmern, woran ihr mit eurem menschlichen Verstand glaubt und euch beschränkt. Viele Formen eurer Anstalten werden keine Beachtung mehr finden, denn die großen Lichtzentren werden immer mehr manifestiert. Kraft eures Willens, Glaubens, Vertrauens, eurer Wahrheit und Klarheit und eurem Mut!

Wisst, der große Wunsch des Vaters, des ALL-IN-EINEM, deren Teil ihr im Innern seid, ist die große Lernaufgabe des Mutes. So hast du dir in dieser Inkarnation den Mut vorgenommen. Ehre sei erbracht, für diesen Mut! Viele werden die Erkenntnis und das Vertrauen finden, denn ihnen wird nichts anderes übrig bleiben. Viele Menschenkinder werden erkennen, das ihre Waren nicht mehr gekauft werden! Dies liegt auch in einer für euch fernen Zukunft, dass die Waren nicht mehr gekauft werden.

Sie werden durch die Kraft eures Verstandes erschaffen, viele Menschkinder werden die Fokussierung der lichten Materie durch Photonenenergie erlernen. All jene, die an ihren Verstand und an das Geld und Macht glauben, werden nur wenige finden, die es aufbringen werden und daran glauben. So auch bei euren Medikamenten! Wisse mein Sohn um deine hohe Aufgabe! Hohn und Spott ist der hohe Preis des Verstandes und diese Ausdrucksformen werden durch das hohe Licht des Vaters verzehrt! Vergebung, Erkenntnis, Heilung und Wissen wird fließen für all jene, die lachen werden.

Sie werden etwas als Beweis fordern! So lasse deine Handchakren prüfen! Es wird getestet werden durch eine Anlage, die Wärme messen kann. Dies wird ein kosmischer Witz sein, denn sie wird nicht funktionieren. Zwar wird sie Wärme ausstrahlen, doch Kälte wird erscheinen und umgekehrt. Sie werden glauben, das Gerät sei defekt. Dies sind die Wege des Lichtes und *unseres* kosmischen Humors!

Siehe mein Sohn, viele Menschenkinder sind bereits in deiner Vergangenheit zu dir geführt worden und werden noch zu dir geführt werden. Viele haben das Thema Liebe in sich. Nun erkenne dies, sie suchen die Liebe! Der Schmerz im Herzen und alle darin befindlichen Unpässlichkeiten sind der Mangel an Liebe!

Du wirst einen Weg finden, sie darüber zu lehren und wirklich zu heilen.

Saint Germain wendet sich an den teilnehmenden Astrologen.

Siehe mein Sohn, auch du wirst mehr und mehr die Wege eröffnen! Bringe die Planeten mehr und mehr in den Geist der Menschenkinder, denn die große Form der Astrologie dient oftmals der Neugier. Doch die große Form der Astrologie ist weitaus mehr! Es ist die Vereinigung in die Astronomie. So verbinde dies mehr und mehr und arbeite mit dem Licht. Erzähle über das Licht und beginne mit den Wurzeln. Viele Menschenkinder werden erkennen und so ist es von größter Wichtigkeit, das Verhältnis der Geburt im Rad der Astrologie im JETZT (meint: Geburtshoroskop) und im Verhältnis zum Beginn des Karmas, zu erkennen.

Astrologen, ihr werdet den Menschenkindern dabei helfen, ihr Karma zu erkennen. Erkennt diesen Schlüssel! Deutet es aus dem großen Rad und teilt es in die Zwölf, denn ihr habt es bereits in die Zwölf geteilt und erkennt! Dies ist der Schlüssel auch für die Auflösung des Karmas. Gesegnet ist diese Arbeit!

Astrologe:
Kannst du in diesem Zusammenhang mir und allen anderen ehrlichen Astrologen einen Hinweis geben, in welchem Teil des Horoskops Hinweise auf das Karma vorhanden sind?

Achte auf alle Verbindungen in Bezug auf den Mond. Dies stellt alle alten Gefühle in Bezug auf das Geburtshoroskop dar. Deute die Astronomie und deute die Planeten! Mache dich vertraut mit der Charaktereigenschaft der Planeten und übertrage sie auf die Geburtsstunde, das JETZT im Zeit- und Schnittpunkt der Geburt. Eine genaue Angabe dieses Schnittpunktes ist von Nöten, da die Kraftpunkte sich sehr oft verändern und verschieben. Siehe, dann deute das, was ihr Häuser nennt und die Zwölf. Achte auf die Planeten innerhalb der Linie der Zwölf! Teile den Kreis in zwölf gleiche Teile und achte, welche Planeten in welchem Teil stehen. So wirst du erkennen, welche Charaktereigenschaften im Verhältnis zur Geburt aufzulösen sind. Von Geburt bis ins das JETZT achte auf die Planeten und auf die Charaktereigenschaft der Planeten.

Astrologe:
Deine Worte von Geburt bis in das JETZT heißt das, dass bei einer Beratung oder Deutung auch die Transite ein Schwerpunkt sein sollen?

Sie sind von großer Bedeutung! Beachte das Wort Transit und du wirst die großen daraus folgenden transformatorischen Kräfte erkennen. Seht, dies ist von größter Bedeutung! Beziehe die Planeten mit ein und deute, was der Planet in sich ist, welche Charaktereigenschaft er hat, achte auf den Mond, denn dies sind die Gefühle. Achte auf die Häuser innerhalb der Geburt, denn sie verraten, was noch aufzulösen ist.

Astrologe:
Jetzt habe ich zu den Häusern eine Frage. Ist es richtig, dass die Häuser die Lebensbereiche und –felder symbolisch darstellen?

Es ist nicht nur symbolisch mein Sohn, sie SIND es! Es ist der größte Anteil der Zwölf! Diese Häuser ist der größte Anteil der Zwölf! Dies gilt noch zu transformieren und zu heilen. Achte auf das Geburtshoroskop und das JETZT im Horoskop und du wirst erkennen, was noch zu transformieren und zu heilen ist. Beobachte und vergleiche die Horoskope einer Generationslinie von Vater und Mutter und du wirst Ähnlichkeiten in deiner Arbeit entdecken.

Es ist von größter Wichtigkeit, das genaue Datum und Feld eurer Uhrzeit innerhalb der Inkarnation zu bestimmen. Es weicht von einer Tagesgenauigkeit ab.

Siehe, sollte es zu großen Verwirrungen führen, so drehe es um 3, 1 Grad.

Saint Germain wendet sich an den Arzt: Mein Sohn du hast noch eine Frage!

Arzt:
Man gibt vor, innerhalb der Medizin, mit Genen unter Umständen Heilung hervorrufen zu können. Das Ganze wirkt aber auf mich sehr gefährlich. Die Frage ist, hat die Gentherapie eine Zukunft, oder ist sie nach höheren Gesetzen unerwünscht.

Seht, schreibt dies nieder und hört auf diese Worte! Sie wird von zentraler Bedeutung sein. Doch sie dient nicht nur eurer Genforschung und Genheilung, die du ansprichst und an die du denkst. Diese Forschung wird keine für euch greifbare Form und Zukunft haben. Sie wird all jene zurückkatapultieren in die schrecklichsten Missschöpfungen, um all jenes hervorzubringen! Es wird ein großer Zeitpunkt kommen, ihr würdet ihn als *Ziehung eines Schlussstriches* bezeichnen. Dies wird innerhalb kürzester Zeit eurer linearen Zeit sein. Es wird euren Wissenschaftler nicht mehr möglich sein, Gene in einer Form des Verstandes zu manipulieren.

Wir ermahnen und warnen jedes Menschenkind dies weiter durchzuführen. Dies ist der schrecklichste Missklang und Eingriff in die Schöpfung, dies durchzuführen. Es sind die größten Missklänge der Schöpfung dies an euren Tieren und an euch

Menschenkindern, an euren Pflanzen, ja selbst an euren Mineralien durchzuführen. Hört: ES WIRD UNTERBUNDEN WERDEN!

All jene werden erkennen, dass höhere Formen der Gene existieren, die nicht manipulierbar sind. Dies sind eure weiteren zehn DNS-Stränge. Dies sind eure höheren Formen der Verkettung. Beide DNS-Stränge, die für euch sichtbar sind, werden höher schwingen! Sie werden die Dritte aktivieren. Die Dritte, die Vierte, bis hin zur Zwölften. So seht, alles endet in der Zwölf. Wisst, es ist die hohe Form der Zwölf. *Sie wird alles heilen, auf tiefsten und höchsten Ebenen, zurück bis zu euren sichtbaren Gene. Alles was jemals manipuliert wurde, wird geheilt werden!*

Der menschliche Wille ist ein Meister der Manipulation geworden. Seit der bewussten Abkehr von Atlantis wenden viele ihr großes Wissen auch im JETZT nicht korrekt an.

Doch nun zu Lichtformen der Gentherapie. Diese werden stattfinden, in den großen Lichtzentren. Hohe Formen der Lichtmedizin! Sie wird nun überall gelehrt in eurer physischen Welt. Dies ist die Genheilung durch das ICH-BIN, die Genheilung durch Licht und Liebe. Dies versteht eure Wissenschaft noch nicht, die Heilung durch Licht und Liebe. Sie lachen, doch ihnen wird das Lachen vergehen, denn viele werden erkennen. Licht und Liebe heilen und dies dürftet ihr bereits an euren Pflanzen erkannt haben! Ihr unterscheidet euch nicht von den Pflanzen, außer dass die Pflanzen weitaus höher entwickelt sind als ihr.

So ist es von größter Wichtigkeit für euch zu erkennen, dass das Licht innerhalb einer Molekularstruktur die hohen Formen der DNS formen, ordnen und heilen wird, bis zurück in eure physisch sichtbaren zwei DNS-Stränge. Somit wird der physische Körper heil. Eure **Generation**, achtet auf dieses Wort und erkennt, was es in eurer Sprache enthält (**Gen[e]**)!. So erkennt auch die Zwölf in eurer Generation. So seht auch die Zwölf eurer Generation, die zwölf Urväter und Ursprungsmütter eurer gesamten menschlichen Linie.

Die Zwölf wird rückwirkend heilen, bis auf das letzte Menschenkind, das befreit von Karma ist. Es wird besiegelt werden durch die Kinder des blauen Lichtes und des blauen Strahls (gemeint sind: Indigokinder). **Dies wird die neue Gentherapie sein**, mein Sohn.

Arzt
Wenn ich dich richtig verstanden habe, dann ist jeder DNS-Strang dem nächsthöheren übergeordnet, dann ist der Zwölfte der höchste DNS-Strang?

Ja.

Arzt
Jede Heilung der Genmanipulation würde dann über das Licht mit einem der zuständigen Genstränge erfolgen können, ist das richtig?

Es wird in den hohen Formen, mehr und mehr eure hohe Form der DNS-Stränge eingegliedert und geordnet. Somit werden auch eure zwei physischen Verkettungen heil. Die höchste Heilung erfährt eure höchste DNS-Kette, die Zwölf. Die „Niedrigsten" sind eure Zwei. Sofern ihr alles Karma, alles Leid das ein Missklang ist und war und Karma erzeugte und erzeugt, sofern ihr die Bereitschaft zur Transformation zeigt, alles heilt und umwandelt, so werden eure letzten zwei physischen Ketten zu einer vollkommenen Kette werden. Eine Perfektion des Lichtes und der Liebe. Euer physischer Körper wird nicht länger altern und stattdessen erhöht. Das Elektronenfeld um euch wird erhöht und sichtbar. Ihr werdet es sehen: eure Falten sie werden gehen. Eure Haarstruktur wird sich verändern und ihr werdet heil sein, da eure Gene heil sind. Die Gene sind der tiefe Schlüssel menschlicher Ausdrucksformen.

So im Äther, so auch im physischen Bereich.

Arzt:
Vielen Dank für diese unglaublichen Informationen. Ich danke.

Ihr wäret gut beraten, nicht nur daran zu glauben, sondern es zu fokussieren. Dann und nur dann wird es sich für euch materialisieren.

Ich werde mich nun zurückziehen.

*Ich segne euch mit meiner violetten Flamme
der Transformation.*

Ashtar
berichtet über
Die zwei neuen kristallinen Gitter

Aus den Reichen des Lichtes und der Liebe
grüße ich euch meine Lieben
Ich bin Ashtar vom Raumkommando

Ich sende euch meine kristallinen Energien. Dies ist meine Aufgabe, aus den Reichen des Lichtes und der Liebe diese Energien zu verstärken. Aus der großen Vereinigung aller Wesen, die ihr nicht zählen könntet. Großes geschieht im JETZT und viele Wesenheiten sind daran beteiligt. So sind wir so viele um euren Planeten in diesem großen heiligen JETZT und diesem großen göttlichen Plan. Wir sind bei euch. Ich bin Ashtar vom Raumkommando und versteht, es ist kein Kommando wie in euren Hierarchien. Es ist das Kommando des Lichtes und der Liebe und es kennt nur diese Ausdrucksweise. Es ist nicht aufgebaut wir eure Hierarchien.

Die großen kristallinen Energien werden nun verstärkt und diese Botschaft verteilt sich nun mehr und mehr in eurer physische Welt. So gleichen nun meine Worte einer Schulung für euch im JETZT. Sowohl oben - als auch unten - sowohl innen als auch außen. Dies ist nun meine Schulung. Dies entspricht nun auch den neuen Magnetgittern, denn ihr erlebt neue planetarische Gitter. Es existiert in eurer linearen Zeitrechnung ein Datum, das ihr das Jahr 2012 nennt. Viele, viele Menschen freuen sich darauf. Ein Teil der Menschen ist besorgt und der andere Teil kennt dieses Datum noch nicht. Doch seht, wir leben im JETZT, so leben wir in einer Zeitqualität des Lichtes. Doch hört, dies ist nun meine Schulung:

Es ist nun das erste neue große Erdgitterfeld vollbracht. Es verstärkt die Liebe in euren Herzen in euch und euer ICH-BIN Bewusstsein. So werden viele Menschen nun ihr ICH-BIN Bewusstsein erkennen und sie werden es weitergeben. Dies sind die hohen Formen des goldenen und kupferfarbenen Netzes. So würde es mit euren Augen aussehen. Es glänzt in allen Facetten des Lichtes, doch könnt ihr es mit euren physischen Augen nicht aufnehmen. Doch ihr werdet es auf- und wahrnehmen. Werdet euch mehr und mehr der großen ICH-BIN-Schwingung bewusst, denn dies ist unsere Schwingung und auch meine Schwingung. Aus meinem ganzen Sein und meinem ganzen Gruppenbewusstsein, mit jedem Atemzug fließt das ICH BIN durch mich, durch uns und durch euch. Dieses Erdgitterfeld schützt euch vor vielen Einflüssen durch außen, denn nicht alle sind in den Hierarchien des Lichtes und der Liebe! Nicht alles aus eurer Raum- und Zeitrechnung dient des Lichtes und der Liebe, dennoch dient es euch des Lernens!

Euer hohes Bewusstsein, das Gruppenbewusstsein (Einheit aller „höheren Selbste") hat beschlossen, die Einflüsse von außen nicht mehr wahrzunehmen. So werdet ihr durch das neue Erdmagnetgitterfeld von Einflüssen solcher Kräfte, die nicht dem Licht dienen, geschützt.

Doch auch diese Wesenheiten** von außen verfahren nach den Gesetzen des Lichtes, doch sie haben es in ihrer Entwicklung noch nicht erkannt. All das, was vermeintlich böse ist, dient euch des Lernens und ihr habt darin eingewilligt!

So teile ich euch im JETZT mit, dass euer hohes Kollektivbewusstsein diesen Schutz und Abschluss der Lernerfahrungen beschlossen hat. Dies nennt ihr die große Konvergenz der Harmonie (große Konvergenz, siehe Buch Übergang der neuen Energien). Aus diesem Grund ist das große Erdgitterfeld entstanden. Es wird geführt und geleitet durch die goldene Christus-Energie. Sie fließt durch dieses Erdgitterfeld, für euren Schutz. Es werden keinen Formen der drittdimensionalen Raumfahrzeuge** Zugang für diese physische Erde gewährt! Mit diesem Abschluss des großen Gitters dient alles zu eurem Schutz und der Erhöhung eures ICH-BIN - Bewusstseins. Alte Formen der Manipulationen von außen werden nicht mehr stattfinden, denn ihr habt genug gelernt! Auch eure Regierungen haben nun genug gelernt! Dies ist das Ende der Täuschung und Manipulation von außen.

** Anmerkung:
Ashtar spricht wahrscheinlich alle Formen der „außerirdischen" Wesen an, die uns in vergangen Jahren, Jahrzehnten und Jahrtausenden besucht, manipuliert und auch zum Teil entführt hatten. Die bekanntesten unter ihnen sind die „Grauen", auch Greys genannt. Wir glauben, es sind diejenigen, die nach den „unheiligen Mächten" jenseits des Lichtes und der Liebe handeln. Sie haben durch vergangene Manipulierungen stets versucht, uns von unserem eigentlichem ICH-BIN-Bewusstsein abzubringen. Doch Ashtar sagt, sie dienen uns auch des Lernens. Es ist die Erkenntnis des „Karmaspiels" gemeint. So können wir nur unser wahres Wesen erkennen, akzeptieren und zurückfinden, wenn wir vom Licht entfernt sind oder wurden. So stellen sich diese Formen der „unheiligen Mächte" als „Karmamitspieler der besonderen Art" zur Verfügung, die zweifelsohne unserer Unterscheidungskraft und Rückfindung dienen. So gilt es nun zu lernen, auch diese „Wesenheiten" für uns in unseren Herzen zu integrieren, denn nur so werden aus „vergangenen" Feinden für uns Lehrer und Freunde. Mit dieser Art der Erkenntnis sind wir in der Lage, in einer zukünftigen Zeitform wieder mit ihnen in Kontakt zu treten, allerdings nicht in der „Opferhaltung", sondern als „Erkenner und Lehrer des Lichtes". Denn wir haben mit unserer Erkenntnis trotz des Schleiers den Weg des Lichtes „wiedergefunden" und sind somit in der Lage, ihnen dies in einer fernen Zukunft zu vermitteln und zu lehren.

Dies ist der eine Teil der Botschaft, doch ich sprach auch über die Lehren sowohl oben als auch unten – sowohl innen als auch außen. So hört nun auf diese freudige Botschaft:

Ihr werdet nun zwei weitere Netzgitterfelder erhalten und der Abschluss wird in eurer linearen Zeit in 2012 sein. Dies ist ein großer Moment im JETZT. Es wird ein neues Gitterfeld im Zentrum eurer Erde im Seelenkern der Mutter entstehen. Hört auf dieses hohe kosmische Gesetz: sowohl oben – als auch unten – sowohl innen als auch außen.

Gott Mutter empfängt, Gott Vater sendet.

Dies ist die Botschaft, weitaus höher könnte ich es ausdrücken, dennoch werde ich es in euren Worten erklären. Es ist alles im Prinzip des Sendens und Empfangens und es wird durch den alles beseelenden Geist gesteuert und gelenkt. Dies ist die Ganzheit im JETZT.

So werdet ihr ein kristallines, weißes Feld in eurem Erdinneren erhalten. Dies wird empfangen. Ein weiteres weißes kristallines Erdgitterfeld werdet ihr um eure physische Erde erhalten. Dies dient der Fokussierung der kristallinen Energien, der hohen, hohen Energien der Quelle allen Seins, fokussiert durch hohe Lenkerstrahlen der Gruppe des Erzengel Michaels und der Reinheit der Plejaden. Hört ihr Astrologen, Astronomen und Heiler und ihr werdet den Schlüssel entdecken!

Fragt euch, *wonach* eure großen Pyramiden ausgerichtet sind! Fragt, *wonach* die größte Pyramide auf eurer Erde ausgerichtet ist. Der Schleier ließ es euch vergessen! Sie sind nach den Plejaden ausgerichtet!

Diese Pyramiden werden euch sendend und empfangend für diese beiden Gitter unterstützen. Sowohl das Gitter im **Innern** und **unten**, so auch das Gitter im **Außen** und **oben**! Es wird in seiner Vollendung fließen durch den großen Abschluss 2012 mit Hilfe der großen Erzengel Michael Gruppe. Die großen kristallinen Energien dienen der Ordnung, all dessen, was an Unordnung und Verwüstungen auf und in eurer physischen Welt geschehen ist.

Nun erfahrt ihr die Gnade im JETZT!

Nun erfahrt ihr das Licht des Vaters und die Geborgenheit der Mutter und all jene, die dies nicht anerkennen werden und sich dem Licht und der Liebe verweigern, werden dann tiefe innerliche Erschütterungen als Ursache und Wirkung nach den alten Energien verstärkt verspüren. Erschütterungen in ihren Gedanken- und Gefühlskörpern! Dies wird nicht zu einem globalen Chaos führen, dies wird zum vereinzelten, innerlichen Chaos desjenigen Menschenkindes führen. So werden eure Ärzte global sehr rasch sehr ratlos sein. Aus diesem Grund nutzt die heilende Wirkung der kristallinen Energie und des Lichtes und heilt sie dann. Gebt das Wissen und das Wort weiter! Das Wort richtig angewandt, heilt! Liebe hilft und heilt. Eure Hände heilen - eure Gedanken heilen. Ihr werdet sie beruhigen und all jene, die dies nicht lernen wollen - WERDEN lernen, denn sie werden ihre Maske entnommen bekommen.

Dies ist festgehalten in euren Büchern aus dessen, was ihr die Religionen nennt. So sind es 5 Religionen und 5 Ursprachen und erkennt, die Zahl 5 ist Heilung! Viele starre Masken und Strukturen sind in vielen Gesichtern der Menschen. Dies wird zusammen mit dem starren Denken und Fühlen an Macht und dichter Materie nach und nach entnommen werden. Doch hört auf diese Worte: sie wird nicht entnommen werden in eurer linearen Zeit bis zu diesem Datum (2012). Es wird mehr und mehr entnommen werden *nach* diesem Datum! Dies ist die Zeitqualität im JETZT. Dies ist für euch neu und ihr werdet die Zeitform des JETZT erlernen. Viel Zeit habt ihr Heiler hier in eurer physischen Welt, um zu heilen! Doch all jene die nicht lernen wollen und sich vor dem Licht und der Liebe zu verschließen wünschen, sie werden Erschütterungen spüren. Ihr nennt dies Formen der Erkrankung und Disharmonie im Bereich des Denkens und des Fühlens. So vereinigt euch und helft ihnen dann!

Ihr habt die Kraft und die Ermächtigung, heilt sie und gebt es weiter!

Das große **sendende** Gitternetz wird durch eure Gedanken und Hände verstärkt. So wird eure Form der energetischen Heilung immer machtvoller werden durch die Unterstützung des weißen kristallinen Gitterfeldes. Die Kräfte der Heilung des Lichtes und der Liebe werden verstärkt durch das Licht der kristallinen Energien, auch verstärkt innerhalb eurer physischen Erde. Es wird gesandt zur Heilung der Erde, sowohl innen - als auch außen, sowohl oben als auch unten. Das Gitternetz im Innern der Erde wird die empfangende Heilung der Erde unterstützen. So freut euch über diese Formen der Heilung und des Schutzes für euch und geht in Frieden. Wandelt und handelt im Licht und seid euch über diese Botschaft bewusst, die nun mehr und mehr verteilt wird, in allen euren Sprachausdrucksformen überall in eurer physischen Welt. Ihr werdet es hören, lesen, sehen und spüren in allen euren Sprachen. Es ist sehr lustig, meine Lieben, denn ihr habt fünf Ursprachen - doch ihr habt so viele daraus gemacht. Oftmals ist eure Sprache nicht leicht für meine Schwingung. Dennoch: Wir lernen - ich lerne! Oftmals sind die Dinge in eurer physischen Welt sehr kompliziert. In den Reichen des Lichtes und der Liebe kennen wir diese Form nicht. Doch ihr werdet lernen, beide Formen und Reiche zu besuchen! Meine Betonung liegt auf „*besuchen*".

Ihr habt nie die Reiche des Lichtes besucht. Immer habt ihr abgebrochen und ward auf der Suche durch den Tod und Inkarnationen. Seht, ihr werdet reisen mit eurem physischen Körper und eurem Geist! Ihr werdet reisen durch alle Dimensionen. Es ist euer physischer Körper, er ist euch gegeben, behandelt ihn daher gut! Er ist ausgelegt als ein – ihr nennt dies Vehikel oder Fahrzeug – für alle Dimensionen! Dies geschieht in eurer linearen Zukunft.
Ihr werdet diese beiden neuen weißen kristallinen Gitter spüren in euren Herzen und in eurer gesamten physischen Welt.

Ich sende euch die kristallinen Energien und die
Liebe der Plejaden und die Liebe all jener,
die mich begleiten.
Ich bin Ashtar

Erzengel Zadkiel

Die große Transformation
der Erde durch uns

Aus den hohen Ebenen des Lichtes im Denken der Einheit
grüße ich euch meine Lieben aus meinem ganzen Sein.
Ich segne euch mit meinem violetten Strahl.
Ich bin Erzengel Zadkiel.
Ich bin der violette Strahl und die Transformation.
Ich bin die Reinigung.

Aus den Zeiten der hohen Kraft des Lichtes hier aus den physischen Bereichen tragt ihr das Wissen der Transformation in euch und in euren Zellen. Viele von euch tragen das tiefe Wissen meines Ordens, der violetten, reinigenden und heilenden Kräfte meines Strahls.

Menschenkinder macht euch im JETZT vertraut mit den großen Kräften des violetten Strahls. Viele von euch haben es sich zur Aufgabe gemacht, dieses Wissen innerhalb eurer Generationen weiterzugeben und sie stets daran zu erinnern.

So lehre ich euch, geliebte Menschenkinder, vergesst niemals die heilenden, transformatorischen Kräfte meiner Strahlen.

Viele Menschenkinder tragen nun die letzten Überreste der karmischen Verstrickungen in sich. Mein Strahl der Transformation erfährt nun im JETZT eine neue Zeitqualität, denn alle Kräfte werden nun durch die großen Gitter im Innen und Außen verstärkt. So sind viele von euch in vielen Inkarnationen alte Hohepriesterinnen und Hohepriester gewesen und nun beginnt ihr in euch, das Wort der Transformation nun weiterzugeben. Überall in euren physischen Ebenen wird nun verstärkt transformiert und viele Menschenkinder erfahren im JETZT tiefe Reflexionen ihrer vorhergehenden Erdenverkörperungen, um alle karmischen Verstrickungen nun reinigen und umwandeln zu können. Eure physische Welt wird im Einklang mit allen Menschenkindern durch die tiefe Transformation in die Reiche des Lichtes und der Liebe aufsteigen.

Die Erde wird dies schrittweise tun, da ihr schrittweise lernt und transformiert. Diese tiefe Transformation ist die Umwandlung in das Licht und der Liebe, sowohl innen als auch außen.

Siehe, geliebtes Menschenkind, so wirst auch du schrittweise und im Einklang mit der Erde diese Transformation durchschreiten. Seht dies nicht als Wiedergutmachung alter Erdenverkörperungen. Seht dies als euren Auftrag an und lasst die transformatorischen Kräfte in eurem Inneren nun aufleben.

Nun ist es im JETZT, da vieles noch zu transformieren ist. Ihr stammt aus einer großen Linie, dies ist die Linie der Zwölf und ihr würdet sie eure Urmütter und Urväter nennen. Aus dieser großen Linie ist viel Lichtvolles entstanden, doch ihr habt euch für die Erkenntnis über das, was ihr „GUT" und „BÖSE" nennt, entschieden. So habt ihr in euren vielen Erdenverkörperungen nun diese Erkenntnis erlangt. Viel Missklang ist entstanden, der sich nun in euren Zellen, Verstand und Gefühlen befindet. Oft sind es eure Gedanken.

Liebe Menschenkinder, helft anderen den Weg des Lichtes zu erkennen, dennoch vergesst niemals euch selbst.

Aus den großen violetten Tempeln des Ordens von Meister Zadkiel, meines Ordens, sind die Lehren der Transformation entsprungen. Dies ist meine Ausdrucksform hier in eurer physischen Welt. Ich bin Erzengel Zadkiel. So wurden in den großen Zeiten und Epochen vor der Epoche der Gruppenbewusstseine, die ihr Atlantis, Mu und Lemuria nennt, viele meiner Tempel manifestiert. Vor aller Zeitrechnung dieser physischen Welt ist das große Zeitalter der Reiche des Lichtes und der Liebe und es fließt im JETZT nun in dieses große Zeitalter.

So wird die Erde mit allen ihren gesammelten Erfahrungen aufsteigen. Seht, auch ihr werdet aufsteigen durch die Erkenntnis von Gut und Böse. Ihr werdet erkennen, dass es kein Gut und Böse gibt, denn dies ist eure wahre Natur. Es existieren ausschließlich die Reiche des Lichtes und der Liebe und sie kennen nur das Licht und die Liebe. Es existieren keine Missklänge. Diese Form der Missklänge und die daraus entstandenen Wesenheiten, existieren in Universen, in Parallelwelten, die es nun zu transformieren gilt. Dies ist eure hohe Aufgabe als Menschen. So erfahrt in euch die tiefe Transformation und gebt sie in das Außen. Ihr werdet weitere Botschaften erhalten.

Ich werde mich nun zurückziehen.

Ich segne euch aus meinem ganzen Sein,
hülle euch in mein ganzes Sein
und erinnere euch in euren Zellen, an das, was ICH BIN.
So werdet ihr einen großen Teil von euch erkennen.

Sananda
Rückführung in das Licht

Aus den Reichen des Lichtes und der Liebe
grüße ich euch meine Lieben mit meinen
Energien des Herzens und der Liebe.
Öffnet eure Herzen für diese Liebe!
Ich bin Sananda.

Dies ist eine Form der Zusammenkunft und so lasst sie uns teilen mit meiner Schwingung. Spürt sie in euren Herzen. Dies ist die Errettung aller Menschenkinder, diese meine Energien. Sie vereinen sich in den großen Energien des Sohnes, der Tochter und dies ist euer Ursprung. So erinnert euch, öffnet und heilt eure Herzen. Öffnet auch aus eurem Herz heraus meine Energien und ruft mich und ruft das große Christuslicht und lasst es fließen durch euer Herz und durch euer Inneres.

Dies ist euer Zentrum.
Dies ist eure Schöpfergegenwart.
Dies ist dein ICH BIN.

So ruft mich und ich werde bei euch sein. Durch die höhere Führung, die ein Teil von euch ist, haben sich viele Menschenkinder in dieser Erdenverkörperung vorgenommen, sich von allem zu befreien, was das *ICH* belastet und was euch vom Licht trennt. Großes Wissen fließt durch euer Sein, durch Äonen von Verkörperungen und so seid ihr ein Teil aus den Reichen des Lichtes und ihr habt euch nun dazu entschlossen, die große Erkenntnis im JETZT zu erlangen.

Hört auf meine Worte und öffnet eure Herzen: Mehr und mehr ist es im JETZT an der Zeit, sich zu erinnern und die Rückführung in das Lichtvolle einzuleiten.

Das große Wissen der Transformation fließt nun im JETZT und ihr beginnt euch nun zu erinnern. Über viele, viele Verkörperungen habt ihr es nicht nur in der Form als „Opferhaltung", auch in der Form der „Täterhaltung" erlebt. Ihr habt alle Facetten des elementaren Menschseins erlebt.

Ihr werdet den Aufstieg nur erreichen, wenn ihr durch das Tor des elementaren Menschseins geht. Seht, ihr seid ihn gegangen und habt euch aus den großen Reichen des Lichtes und der Liebe gelöst. So habt ihr euch aus dem großen Kollektiv getrennt, um alle Erfahrungen zu sammeln, doch wisst: Dies ist das heilige JETZT und die höchste Form des elementaren Menschseins, nun zu erkennen und in das Licht in Verbindung mit eurer Erdenverkörperung zu gehen.

Seht, dies könnt ihr unmöglich alleine vollbringen, denn auch ihr Menschenkinder seid wahrlich Individuen. Ihr seid einer und dennoch ein Teil des Ganzen. So werdet ihr nicht alleine in das Licht gehen können. Alle Anteile von euch in dem großen Bewusstsein aller Menschenkinder sind noch bei euch. Dies ist die Form der Kräfte, die ihr Karma nennt und die euch auf allen Linien verbindet. So ist es auch in den Parallelwelten bis in die Reichen des Lichtes und der Liebe eine große Verknüpfung.

So existieren auch für euer Empfinden weniger lichtvolle Welten und ihr seid noch in dieser Linie und in dieser Verbindung. Heilt sie und führt sie in das Licht, denn dies sind eure eigenen Anteile und wisst stets, jede Wesenheit, die ihr in das Licht führt, ist auch ein Teil von euch! Es sind Anteile von euch. Ihr seid wahrlich ALL-IN-EINS. So auch in diesem Bewusstsein, dem elementaren Menschsein.

Dies ist, was ich euch in meinen Erdenverkörperungen stets gelehrt habe. Schaut euren vermeintlichen Feinden in die Augen und schaut ihnen in das Herz und ihr erkennt, dass ihr Brüder und Schwestern seid. Ihr könnt ihnen unmöglich in die Augen schauen und Fehler in ihren Augen erkennen, ohne eure eigenen Augen und Herzen zu reinigen.

Ihr könnt keine anderen Herzen anklagen, ohne eure eigenen Herzen zu überprüfen, denn das reine Herz kennt keine Anklage. Es kennt nur das Licht und die Liebe. So führt alle Anteile in das Licht, denn dies ist der wirkliche Auftrag in euch. Unterschätzt nicht eure Kräfte, denn ihr würdet meine Kräfte unterschätzen! Ihr seid eins mit meinen Kräften, sofern ihr sie zulasst, denn ihr lebt nach dem Gesetz der freien Wahl.

Öffnet euer Herz und lasst mich durch eure Herzen fließen. So führt eure Anteile zurück in das Licht und errichtet große Portale des Lichtes und führt sie mit meiner Kraft, die auch die eure ist zurück. Doch vergesst nicht, diese Portale auch zu schließen, denn sie können nur geschlossen werden, wenn die Arbeit vollbracht ist.

Große Kräfte fließen und ihr besitzt das große Wissen der Transformation. Schrittweise wird es nun in euch aktiviert. So ruft begleitend die großen Kräfte der violetten Strahlen und der violetten Flamme. Viele Aufgaben warten auf euch, doch es sind eure Herzen. Richtet alles auf eure Herzen und die Energien werden fließen!

Frage: Die energetischen Wesenheiten und Anteile, die wir transformieren sollen, können wir sie durch die violette Flamme und mit der Bitte um Transformation rückführen?

Ruft das violette Licht und hült sie ein, doch niemals in Gedanken der Manipulation. Sie haben das Licht noch nicht erkannt, doch wahrlich sie suchen das Licht, gleich der kleinen Tiere nachts. Oftmals sind sie in tiefen Ängsten sich zu „verbrennen", doch sie werden sich nicht verbrennen. So ist es eure Aufgabe, auch deine Aufgabe, sie in Licht und in das violette Licht zu hüllen. Übergebt alles dem violetten Licht mit der Kraft eurer Gedanken und bittet um Erkenntnis und Transformation. Ruft jederzeit meine Kräfte und hüllt sie ein in das goldene Licht. Eröffnet ein großes lotusförmiges weißes Portal aus Licht - ihr habt es bereits in vielen Verkörperungen getan- und sie mögen entscheiden, in dieses Portal des Lichtes einzutreten.

Doch wisst tief in eurem Sein: Ihr nennt sie oft „dunkle" Wesen.
Versteht, es sind Seelenanteile, auch Anteile von euch!

Denn ihr seid eine Gruppe des elementaren Menschen und nun ist es an der Zeit, all jene Anteile *von euch* zurückzuführen, die das Licht noch nicht (an-) erkannt haben.

Ihr seid der höhere Teil, nennt euch das
höhere Selbst der Astralebene der „dunklen Welten".
Ihr seid das höhere Selbst der „dunklen Welten"!
Ihr entscheidet selbst, eure Anteile
zurück in das Licht zu führen!
So führt sie in Liebe zurück!

Wisst aus eurem ganzen Sein: DU BIST das höhere Selbst, das höhere Bewusstsein. Dies ist die *tiefe Eigenverantwortung*, die ihr in euch tragt. Mehr und mehr erhaltet ihr nun die Erkenntnis und die daraus resultierende *Ermächtigung*, auch *die Ermächtigung der Transformation*. In euren vergangenen Erdenverkörperungen hattet ihr nicht diese Form der Ermächtigung und nun habt ihr sie. Nun tragt sie und die damit verbundene Verantwortung für euch selbst und somit für eure Anteile.

Und wisst: Es sind für euch „dunkle" Brüder und Schwestern, dennoch seid ihr Brüder und Schwestern! So führt sie in das Licht und macht ihnen das Licht begreiflich. Oft handeln sie in einer Form, die ihr „egoistische Ängste" und Manipulation nennen würdet und so schützt euch selbst vor ihren manchmal verleitenden Kräften. Dieser Schutz ist euch durch mein ganzes Sein gewährleistet, öffnet eure Herzen für diese Energie und es wird euren Herzen nichts angetan werden.

Hüllt sie ein in das weiße und violette Licht und gebt ihnen die Gelegenheit, den Weg des Lichtes zu finden, den auch ihr gefunden habt und noch finden werdet. Sie mögen eintreten durch das große Lichtportal in die Reiche des Lichtes und der Liebe und visualisiere dir, sie mögen sich lösen und entfernen von euren Herzen, Gefühlen und Gedanken.

Frage: Sind das denn alles geschaffene Wesenheiten von uns? Haben wir sie in allen unseren Inkarnationen durch unsere Gedankenkräfte geschaffen?

Oh ja! Sie sind ein Teil von euch und eurer Ausdruckskraft. Sie sind ein Teil des gesamten Universums. Ihr lebt hier in meinem und unserem Sohnuniversum. Seht und wisst: *Ihr habt sie miterschaffen und sie sind ein Teil von euch!*

So gibt es viele Wesenheiten, die nicht ein „elementares Menschsein" zum Ausdruck bringen. Sie haben nicht eure Form und sehen anders aus als ihr. Doch all das, was ihr „energetisch" nennt und was euch von eurem Aussehen ähnlich ist, ist ein „elementarer Mensch". So auch nicht nur in den Reichen des Lichtes und der Liebe, auch in den „unteren" Reichen der Erkenntnis des Lichtes.

Nun, dies ist das große Universum und ihr lernt. Dies ist ein großer und hoher Dienst für das Ganze und ihr werdet geliebt, für das, was ihr seid.

Durch diesen hohen Dienst fließt viel Wissen zurück
an den Vater, die Quelle allen Seins.
Viel Erkenntnis und Heilung fließen durch die Mutter, denn es ist die Mutter, die mit
euch leidet.
Es ist die Mutter, die euch umsorgt und beschützt.

Durch euer „elementares Menschsein" seid ihr eins mit der Mutter. So reinigt und transformiert in euch und ihr reinigt und transformiert die Mutter. Es wird keine Erdbeben, Blitze oder Formen der Naturkatastrophen mehr folgen, wenn die tiefen Erschütterungen in euch nicht mehr erfolgen. Dies ist die *tiefe Reinigung in euch und der Mutter.*

Die Aspekte des Sohnes und der Tochter beseelen euren Geist und dieses gesamte Universum. So führt sie alle zurück in das Licht der Erkenntnis. Nur so werdet ihr euch selbst zurückführen in das Licht der Erkenntnis der bedingungslosen Liebe für alles, was ist. Viele Wesenheiten, die nicht dem „elementaren Menschsein" entsprechen, werden nun durch euch bis auf hoher Ebene, eurer erreichten Ebene, lernen. Sie werden den großen Weg der Erkenntnis des Lichtes durch euch lernen. Dies ist wahrlich der schrittweise Aufstieg! Dies ist wahrlich das große Lehren!

Ihr werdet in eurem Geist und in eurer Erkenntnis schrittweise aufsteigen und ihr werdet sie durch eure lichtvolle Erkenntnis lehren, denselben Weg zu beschreiten, da ihr ihn vorleben und lehren könnt. Ihr werdet all jene Menschen und auch Wesenheiten lehren, die es noch nicht verstehen können oder wollen. Doch alle Aspekte und Ausdruckformen werden in die Reiche des Vaters zurückkehren und die bedingungslose Liebe des Lichtes verstanden haben. Sie werden auch alle verstanden haben, so weit entfernt zu sein von der großen Schöpferkraft und Liebe des Vaters und dem großen Schutz und der Ausdruckskraft der Mutter.

So hat die Mutter in allen Ausdrucksformen
auch das Leid zu tragen. Befreit euch aus dem Leid
und ihr werdet die Mutter aus dem Leid befreien! Dann wird eure physische Welt
erstrahlen in ihrer lichtvollen Ausdruckform, denn die Mutter wird erstrahlen im Licht,
da ihr im Licht erstrahlt.
Und es wird Frieden herrschen,
keine Krankheiten, Formen der Manipulation mehr sein.
Das Licht und die Liebe werden herrschen.
Es steht euch ein großer Weg bevor!

Im Vergleich zu eurem Weg, den ihr bereits gegangen seid, wird es ein kleiner Schritt sein.

Frage: Jetzt habe ich eine Frage zu den zwölf Familien, also den zwölf Seelenanteilen, diese Familien zu reinigen und wieder in die göttliche Ordnung zu bringen. Wenn ich nun diese Aufgabe für mich erfülle für meine Generation, ist es der richtige Weg? Habe ich das richtig verstanden? Saint Germain sagte zu uns: Heile deine Generationen, sind das die Seelenanteile, von denen wir gerade gesprochen haben, sind das die Anteile, die ich zu heilen habe?

Ja, dies sind die tiefen elementaren Stämme. Es sind *zwölf Urväter und zwölf Urmütter, zwölf Urstämme.* Es sind in euren schriftlichen Aufzeichnungen oft nur die Väter aufgeführt. Ihr habt in euren Aufzeichnungen und in euren Büchern oft die Mütter vergessen! So ist die große Ausdrucksform der Athene eine der Mütter! So ist die große Ausdrucksform der Isis eine der Mütter und *viele Ausdrucksformen sind nun eins im großen karmischen Rat und eins in der großen weißen Bruderschaft und im großen Rat der Zwölf außerhalb dieses Universums!*

Ihr kennt die Namen der Väter und der Stämme! Dies ist eure Linie, so ist deine Linie das große Volk von Israel. Doch nicht das Volk Israel in seiner Erdenverkörperung im JETZT (in der heutigen Inkarnation). Denn schaut auf die heutige Form der tiefen Transformation, schaut auf Israel und schaut euch das Volk an. Beobachtet bewusst mit euren Augen, sie erfahren die tiefe Transformation alter, sehr alter Erlebnisse. Ihr habt sie bereits durchschritten.

So ist das Urvolk Israel überall stellvertretend
in eurer physischen Welt verteilt!

Das jetzige Volk Israel möchte als Kollektiv alte Karmaerfahrungen lernen und ausspielen. Dies ist wahrlich der Grund der andauernden Kämpfe in diesem Bereich, der andauernde Anspruch auf ein Land, da sie es noch nicht verstanden haben. Sendet all eure Liebe in diese Länder und erkennt in euch: Ein Teil, der in diesen Ländern kämpft, ist auch ein kämpfender Teil in euch.

Das große heilige Land ist das gesamte Land der Mutter!
Es ist nicht nur ein Fleck oder Bereich!

Beginnt in euch und transformiert euren inneren Hass und eure Furcht und transformiert, was ihr dort in den Gebieten beobachtet zunächst in euch, denn wahrlich ich sage euch: Es ist in euch. Sowohl innen als auch außen! Dieser Kampf und auch andere Kämpfe finden in eurer physischen Welt sowohl in euch als auch um euch statt.

So wie der Hass in euch groß ist für die eine oder für die andere Seite oder für beide Seiten, so groß ist auch die Ignoranz, diese Gefühle und Gedanken zu transformieren. Groß ist der Hass und das Unverständnis in euch, für was sie kämpfen, so groß ist das Unverständnis in vielen Menschenkindern, *um welches Land sie kämpfen!* So groß ist die Verführung in euch, ihnen Waffen und Werkzeuge zu verkaufen, um sich selbst zu richten!

All das ist noch in euch!
In einem jeden Menschenkind!

Denn die Verführung ist groß für die Waren, die ihr nie für möglich gehalten habt, finanziert und getragen von den Waffen und Werkzeugen der Macht!
So klebt das Blut all jener bis in die tiefste Linie eurer Generation an diesen Waren und es trifft euch! Wahrlich ich sage euch: Es trifft euch! So braucht ihr nicht zu prüfen, wo ihr nun Waren bezieht, ich sage euch: Es existiert kein Land, das nicht darin verwickelt ist. Es gibt keine Ware, die nicht auf Umwegen darin verwickelt ist.

Jedes Blut, das vergossen wird, trifft euch Menschenkinder im Kollektiv bis zu jedem Einzelnen. Dies ist die Verkettung der Linie. Jeder Tropfen Blut, der durch Menschenhand vergossen wird, trifft auch die Mutter und mein ganzes Sein, denn das Lebenslicht des getöteten Menschenkindes wird für eure physische Welt ausgelöscht.

Wisst, ich kenne das Ganze. Ich sehe das Ganze. Ich sehe das Netzwerk von Machtmissbrauch, Manipulation und Unterdrückung.

So sehe ich auch das von euch aus entstehende lichtvolle Netzwerk. Dieses lichtvolle Netzwerk überwiegt im JETZT (Stand Juli 2003).

Die Formen von Wut, Hass, Unverständnis, Manipulation und auch von Gier sie stecken noch in euch und sie verkörpern sich in euren Kriegsgebieten. So beginnt in euch, diese Anteile noch zu reinigen und zu transformieren. Spürt und fühlt in diese Gebiete und meditiert über diese Gebiete und reinigt!

Beginnt bei euch und reinigt
all eure negativen Gedanken und Gefühle.

Wahrlich, ihr werdet euch wundern, wie viele ihr noch finden werdet! Sofern alle Menschenkinder dies verstanden haben, wird das Licht sich auf Erden manifestieren. Dies ist der große Plan!

Es wird euch nun alles schrittweise zugeführt und es ist deine Generation, bis zu deinen Enkelkindern, zurück zu deinen Urahnen und sie enden in der Zahl zwölf. Tragt nun zur Heilung bei und beginnt in eurem Inneren. Nun heilt eure Linie und geht schrittweise vor, geht nicht in Hast vor!

Denn wisst: Diese Zeitform im JETZT, sofern ihr dies versteht, ist nach eurer linearen Zeit, knapp 1000 Jahre Zeit.

Dies ist das großetausendjährige Reich der Transformation!
Ihr habt also noch Zeit in eurer linearen Zeit.
Beginnt jetzt im JETZT.

Wir werden euch eure Urväter und Urmütter nicht mit Namen nennen, denn dies ist eure Aufgabe. Habt ihr eure wahren Ureltern in eurem Zellgut erkannt, öffnen sich die zwölf Anteile und die dreizehn wird entstehen, dies ist euer wahrer Aufstieg!

Frage: Warum denke ich so oft über die Gesetze des Moses und über die Transformation nach? Warum habe ich das Gefühl, dass ich da was zu transformieren und zu reinigen habe? In welcher Verbindung stehe ich zu diesen alten Gesetzen?

In einer sehr alten Verbindung, denn wisse: Große Tempel der violetten Strahlen und die dazugehörenden Orden sind entstanden. Zuvor existierten physische weiße Tempel des weißen Lichtes. Ihr könntet dieses Licht mit euren physischen Augen im JETZT nicht verkraften, es würde euch so stark blenden, sodass ihr erblinden würdet. Viele von euch, so auch du, haben in diesem großen weißen Tempel des strahlenden Lichtes gearbeitet und gewirkt. Es gab keine „niederen Ausdrucksformen". Dies war _vor_ den großen Epochen von Mu, Lemuria und Atlantis.

In späteren Formen wurden die Tempel des violetten Lichtes erschaffen, da sehr viele Menschenkinder verleitet wurden. Viel Einfluss ist auch von anderen Zivilisationen im Außen gekommen. So wurden sich viele Menschenkinder der Manipulation bewusst und lebten sie. Viele begannen, sich gegen die Lehren des Lichtes zu wenden. Aus diesem Grund wurden die violetten Tempel manifestiert.

Die großen Gesetze des Moses sind eine große Verkettung des Lichtes. Mehr und mehr Menschenkinder haben sich gegen diese Gesetze und Verkettung des Lichtes gewandt. Viele Menschenkinder haben sich bewusst entschieden, die Macht kennen zu lernen, die Abwesenheit der hohen Anbindung an das Licht kennen zu lernen. So wurden verstärkt die violetten Tempel des Ausgleichs erschaffen. Sie dienten der Transformation und der Rückführung in das Licht. Doch sie haben es nicht mehr geschafft. So vieles und zu vieles ist geschehen und so wurden die violetten Tempel zerstört und sind in Vergessenheit geraten. Sie hatten euch „Templer des Ausgleichs" vergessen.

Immer mehr habt ihr erkannt, dass ihr vergessen wurdet und größer wurde eure und deine Wut. So transformiere im JETZT deine Wut. Denn siehe, so wie viele Menschenkinder haben sie auch dich verleitet. Auch du hast dich wie alle

Menschenkinder dazu verleiten lassen. Doch viele Menschenkinder haben im Verlauf ihrer Erdenverkörperungen erkannt und ihre Anteile in lichtvolleren Inkarnationen wieder vollkommen in das Licht zurückgeführt. *Seht, dies sind die aufgestiegenen Meister.*

Bringe nun deine und bringt nun eure Anteile zurück in das Licht durch eure Erkenntnis! So habt ihr bereits viele Anteile zurück in das Licht gebracht, doch habt ihr auch hohe Formen der Gesetze in euren Inkarnationen manipuliert. Nun ist es an euch, „wieder gutzumachen". Doch wisst: Es ist keine Form der Wiedergutmachung, eher eine tiefe Form der Transformation und der Rückführung in das Licht.

Hinter den großen physischen Tafeln aller Gesetze (meint auch andere Kulturen, nicht nur Moses) stecken große Muster und Verkettungen innerhalb der Gesetze des Lichtes. *Alle* Menschenkinder haben sich bewusst gegen diese Verkettung des Lichtes entschieden, um zu lernen. Nun gilt es, dies und eure Lehren wieder zu transformieren und die Transformation zu lehren.

Nun ist es eure zentrale Aufgabe alles in euch und um euch
zu heilen und zu transformieren, was von euch missbraucht
oder manipuliert wurde.

So sind es Anteile in euch, die manipuliert hatten und teilweise sogar noch manipulieren. Alles ist nun im JETZT zu transformieren. So geht euren lichtvollen Weg und transformiert all das von euch, was nicht zum Licht gehört.

Denn sehr oft wurdet ihr nicht nur vergessen, eure Tempel zerstört, und ihr ermordet. Dennoch versteht im JETZT, der „Verursacher" dieser Taten ist stets *euer eigener Anteil* gewesen. Erkennt nun diese Form.

Ein Teil von euch zerstörte den anderen Anteil in euch, denn alle Menschenkinder sind All-In-Eins. Diese eure physische Welt ist darauf ausgelegt, dass alle Menschenkinder sich an den Händen greifen und einen großen Kreis bilden können und ihr werdet erkennen, dass ihr Brüder und Schwestern seid.

Dennoch habt ihr euch geliebt, getötet und manipuliert. Diese große Form des wiederholenden Rades innerhalb des Rades, das ihr Karma nennt, gilt es nun zu stoppen. Es gilt das Rad des ständig wiederholenden Rades nun zu transformieren. Ihr könnt es nur transformieren, wenn ihr es erkannt habt. Ihr könnt es nun erkennen und dann transformiert und ihr werdet euer „altes" Karma ablegen. Es wird kein neues Karma mehr in dieser Form des Leides stattfinden.

Dies sind Formen nennt es „Prüfungen des Lichtes" doch der überwiegende Teil aller Menschenkinder hat sie bisher bestanden.

Ich bin Sananda, ich sehe das große Rad des Karmas.
Ihr seht das kleine Schwungrad oder eine kleine Zacke.
Ich sehe die Räder in Rädern.
So habt ihr nun zu lernen, euch selbst zu verzeihen.
So habt ihr nun zu lernen, euch selbst zu lieben.
So habt ihr nun zu lernen, eurer Generationslinie zu verzeihen.
So habt ihr nun zu lernen, eure Generationslinie zu lieben.
Öffnet eure Herzen und Arme für das Außen!
Ich segne euch. Lasst fließen diese Kraft der Liebe in eure Herzen
und durch euer ganzes Sein.

Erzengel Michael

Die großen Zeichen am Himmel
Die große Harmonie

Aus den Reichen des Lichtes und der Liebe grüße ich euch, meine Lieben.
Ich segne euch mit meinem göttlichen Schwert und
in meiner Schwingung von
Glauben und Vertrauen, Wahrheit, Klarheit und Mut.
Dies ist meine Ausdrucksweise.
Dies ist mein ganzes Sein. Ich bin Erzengel Michael

und so danke ich euch für eure Hilfe und für eure Unterstützung. Denn seht, immer mehr wird nun das WORT verbreitet. So werdet ihr erkennen, ihr werdet das WORT erkennen. Ihr werdet die hohen, hohen Gesetze erkennen. Seht, meine Lieben, lebt nach diesen hohen Gesetzen. Lebt nach den hohen Gesetzen eures Universums. Ihr seid ein Teil des Universums. Lebt nach diesen hohen Gesetzen und ihr werdet mehr die Offenbarung in euch erkennen.

Lebt im WORT und lebt im Mut. Das WORT lebt im Mut und aus diesem Grund bin ich bei euch. Rufe mich zu aller Zeit, ich werde bei dir sein. Immer mehr erkennt ihr euren Kern und euer eigenes großes Licht. Seht, ihr Menschenkinder sucht dieses große Licht. Ihr beginnt immer mehr dieses Licht in euch zu integrieren. Dann braucht ihr nicht mehr zu suchen, ihr habt dann alles in euch gefunden.

Der nächste Schritt ist, kehre all das, was in dir ist, nun nach außen.

Lebt im WORT und lebt im Mut und wisst, alles hier in eurer physischen Welt, was nicht im WORT lebt, wird nun tief in euch erkannt. Oftmals lebt ihr Menschenkinder dann im Leid. Erkennt, es ist eine Illusion, denn ihr braucht nicht im Leid zu leben. Lebt in der grollen Fülle. Lebt in der Fülle des WORTes und des Mutes und ihr werdet eure eigene Offenbarung finden.

Das große Licht in euch, das große Licht in dir. Es ist so viel in dir. Es ist so viel in euch. Nun geht den großen Weg. Geht den Weg der eigenen inneren Offenbarung. Sucht nicht eure vermeintliche Wahrheit im Außen, sucht sie im Inneren. Dies ist eure Offenbarung.

Mein Schwert, es ist groß. Es ist das Schwert der Liebe und es dient euch in Liebe, nun alles zu erkennen.

Ihr werdet die Kraft entwickeln, den Mut zu leben und in eurer eigenen Offenbarung zu leben. Dies ist eure freie Wahl. Dies ist eine tiefe innere Botschaft an eure Herzen. Eure Herzen sind in Wahrheit groß, eure Herzen leben in der Liebe. Die Wahrheit ist Liebe. Die Herzen leben im Licht, denn Wahrheit ist Licht. Nun lebt alles von innen nach außen.

Der große Ruf nach Freiheit, er ist sehr deutlich zu hören in eurem Menschenkollektiv. Die Wahrheit ist, ihr seid frei und dennoch fühlt ihr euch oft nicht frei. Sehr oft habt ihr euch der wahren inneren Freiheit verschlossen, dies ist keine Freiheit. Lebt in der wahren Freiheit, in der Freiheit des Herzens!

Eure Ausdrucksformen von Macht, Dominanz, Unterdrückung entsprechen nicht den Schwingungen eures hohen Geistes und tief in euch wisst ihr dies. Dennoch haltet ihr daran fest.

Seht, dies gilt es nun aufzulösen. Dies ist die wahre Befreiung. Ihr habt bereits genug über Macht, Dominanz und Unterdrückung gelernt, nicht nur in dieser Inkarnation. Folgt nun der Wahrheit in eurem Herzen und erkennt eure Wahrheit im Außen.

Dies sind die Lehren der Offenbarung und sie entsprechen oft nicht eurer Vorstellung der wahren Offenbarung. Die Wahrheit und Klarheit ist die tiefe Offenbarung eures ICH BIN, eures großen Bewusstseins.

Viele Heilformen werden aus eurem ICH BIN folgen.

Erkennt dieses Bewusstsein in euch und gebt es weiter. Erkennt die Freiheit eurer Herzen und gebt dieses Wissen weiter. Lehre sie alle. Lehrt sie über eure eigenen Offenbarungen und Erkenntnisse. Ihr werdet die Heilung in euch spüren. Dies ist ein Teil eurer wahren Aufgaben und ihr werdet sie als einen langen Weg betrachten, doch jederzeit werdet ihr das Ende des Weges finden und erkennen. Am Ende des Weges steht die Offenbarung in dir selbst. Die Erkenntnis und die Freiheit - ihr habt die freie Wahl.

Wenn ihr dann euren Nächsten all dies lehrt, dann habt ihr es verstanden. Ihr werdet eure Erkenntnisse nicht im Außen gelernt haben, denn das Außen ist oft eure Illusion. Ihr werdet es durch eure eigene innere Offenbarung erkannt haben.

Lebt zunächst im Glauben, Vertrauen, in der Wahrheit, Klarheit und im Mut. Lebe all diese Aspekte zunächst für dich selbst. Ihr werdet tiefe, tiefe Erfahrungen sammeln, lebt und lehrt diese dann im Außen. Es werden dabei oft große Abgrenzungen im Außen nun vonnöten sein. Nutzt und gönnt euch dann diese Abgrenzungen, um neue Energien zu sammeln.

Trefft eure Entscheidungen aus diesen Schwingungen heraus. Eure eigenen Erkenntnisse und die daraus folgenden Lehren für andere Menschenkinder führen euch in eine hohe EigenverantWORTung. Dies ist ein hoher Dienst, ein hoher Dienst an euch selbst und an allen Menschenkindern.

Da ihr dann alles durchlebt habt, gebt dieses Wissen der eigenen VerantWORTung an andere weiter. Ihr werdet nur dann überzeugend sein, wenn ihr alles selbst erlebt habt. Da ihr alles durchlebt habt - werden sie im Glauben mit euren WORTen sein. Ihr werdet im WORT sein, im WORT der Wahrheit und Klarheit, da ihr alles selbst erlebt habt.

Dies steht in Resonanz mit vielen Menschenkindern. Oftmals lebt ihr nicht die Wahrheit und Klarheit. Durch die Erkenntnis werdet ihr vielen anderen helfen.

Die EigenverantWORTung für euch selbst zu erkennen ist ein großer Schritt und daraus werdet ihr euch immer mehr weiterentwickeln. Alles führt euch zu eurem ICH BIN.

Ihr Menschenkinder habt oft sehr seltsame Formen der Gesetze. Ich sage euch, hört auf meine Worte: Die einzigen Gesetze, die für euch in voller Form Gültigkeit haben, sind die Gesetze des Universums. Ihr werdet dies immer mehr spüren. Ihr werdet es erkennen, denn eure Gesetze werden die Prüfung meines Schwertes nicht bestehen. Viele eurer Gesetze werden diese Prüfung nicht bestehen!

Die Zeichen am Himmel

Achtet auf diese Botschaft: Ihr werdet eine große Öffnung erhalten, ein großes Tor. So werdet ihr an eurem Himmel einen großen doppelten Stern sehen. Ihr werdet an eurem Horizont das große atlantische Zeichen sehen, dies ist die große doppelte Pyramide in einem (Davidstern). Dies ist die höchste Form der Heilung und die höchste Form des Schutzes. Auch werdet ihr am Himmel den großen Drachen sehen. Dies wird geschehen in einer sehr kurzen Zeit in eurer linearen Zeit. Dies wird noch in eurem wahren Monat geschehen. In eurem nächsten Mond (08. November 2003).

Erkennt den Drachen in euch und erkennt den großen Schutz durch die doppelte Pyramide. Erkennt den großen DAVID, denn ihr seid aus dem großem Geschlechte Davids. Aus dem Geschlecht, aus dem auch Jesus entstammt. Dies sind die kristallinen Energien in euch! Dies ist euer Kodex. Dies ist die Aktivierung und wie ihr es bezeichnen würdet - eine große Deaktivierung der Schlange in euch.

Die doppelte Pyramide steht für die doppelte Helix in eurer DNS und für Aktivierung und Schutz. Dies ist der Beginn des freien Flusses der kristallinen Energien. Sie werden nur durch eure eigene Wahl und Absicht frei fließen. Auch dies ist eure eigene freie Wahl . Seht dies ist ein weiteres Geschenk!

Es ist nun unser tiefer Wunsch: Arbeitet in Gruppen, sprecht in Gruppen, verhandelt in der Gruppe, gebt das Wissen in der Gruppe weiter, meditiert in der Gruppe. Groß, sehr groß wird sich das Licht potenzieren in dieser neuen Kraft.

Achtet auf den Frequenzanstieg und arbeitet in Gruppen, potenziert das Licht. Tauscht euer Wissen aus, meine Lieben. Es wird deine freie Wahl sein. Folgt der Schwingung eurer Herzen.

Lebe stets im WORT von Wahrheit und Klarheit und wisse: Du hast Rechte, mein Kind, du hast Rechte. Lebe das Recht der Fülle, lebt euer Recht der Fülle. Es ist euer Geburtsrecht. Dies habt ihr Menschenkinder oft vergessen. Es ist die Fülle der Liebe. Ihr lebt in der freien Wahl und gleichzeitig in den Reichen der Materie. So ist es euer Wunsch, in der Fülle zu leben. So lebt in der Fülle der lichten Materie. Lebt in der ganzen Fülle.
Dies ist euer Verdienst. Dies ist euer Dienst am Ganzen. Lebt nicht in der Schwingung von Angst. Ihr werdet versorgt sein und es wird keine Turbulenzen im eigenen Inneren für euch geben.

Die Fülle ist euer Geburtsrecht. Vertraut, und euer Geburtsrecht wird fließen. Lebt tief in euch Glauben und Vertrauen, Wahrheit und Klarheit und Mut zu euch selbst und euer Geburtsrecht wird fließen. Gebt dann dieses Wissen und diese Erkenntnis nach außen. Dehnt euch nach außen aus. Durch euer WORT und durch eure Erkenntnis, durch eure innere Heilung. Gebt alles weiter, dehnt euch aus und gebt die Heilung in die Welt!

Dies alles werdet ihr nur durch eure eigene Offenbarung der Freiheit tief in euch erfahren. Wenn der Mond eure Erde umrundet hat (Oktober 2003) werden die kristallinen Energien verstärkt einfliessen. Ruft mich, ich werde bei euch sein. Ruft die Meister der kristallinen Energien (z.B. El Moreya, Serapis Bey) ihr werdet ihre Hilfe benötigen. Ruft sie. Achtet auf diese WORTe.

Frage: Wie können wir die Meister der kristallinen Energien intensiver rufen? Kannst du dies etwas näher erklären? Heißt dass, die Menschen werden noch mehr aus ihrer Mitte gerissen?

Seht, alle Menschenkinder haben die freie Wahl. Kein Menschenkind wird aus seiner Mitte gerissen, sofern es in seiner Mitte ist. Seht dies als einen großen Ausdruck des Erwachens. So werdet ihr immer mehr geweckt. Immer mehr Menschenkinder werden erwachen und erkennen, wer sie sind.

All jene, die dies noch nicht erkannt haben und in den tiefen, tiefen Formen des Schlafes sind, werden geweckt werden. Geweckt durch Turbulenzen im Inneren. Seht, die große Aktivierung wird schrittweise stattfinden. Die kristallinen Energien beginnen nun zu fließen und sie kennen keine Blockaden und dennoch stossen sie auf Blockaden innerhalb eurer Körper. Immer mehr nimmt eure physische Welt nun diese kristallinen Energien an, denn sie braucht sie. Viel Zerstörung und Unordnung ist in eurem physischen Bereich geflossen. Diese Energien dienen der Ordnung, der tiefen Ordnung, denn Ordnung ist Heilung.

Doch ihr seid in der freien Wahl. Dennoch werdet ihr es in eurer linearen Zukunft ohne diese ordnenden Energien schwer aushalten. Seht, sofern eure Körper nicht in der Ordnung sind und die Frequenz stetig in eurem Umfeld ansteigt und in der Ordnung ist, so wird sie euch auf eure eigene Unordnung hinweisen.

Dies werden Weckrufe in vielen Menschenkindern sein und sehr oft sprachen wir bereits darüber: sie werden in Scharen kommen! Sie werden Hilfe benötigen. Doch zunächst werdet ihr Hilfe benötigen, dies zu erkennen. So ruft die Meister der kristallinen Energien. Ruft die Meister meines weißen und blauen Strahls. Ruft das große Kommando der Liebe, ruft Ashtar! Sie sind im weißen Strahl.

Frage: Du sprachst darüber, das es noch viele Heilformen gibt. Wird es nicht zu kompliziert, wenn du sagst, es gibt noch viele Heilformen?

Die Heilformen, mein Kind, sie sind nicht kompliziert. Die Heilformen werden alle im ICH BIN enden. Doch viele Menschenkinder werden an diese Heilformen nicht glauben. Sie werden im Jetzt nicht glauben, denn sie leben nicht im Glauben von Heilung. Siehe, dies ist ein wichtiger Aspekt meines Strahls: Glauben.

So ist es noch nicht im Jetzt. Doch wisse, alle Formen der Heilung, werden in die Erkenntnis eures ICH BIN einfliessen. Kraft eurer Gedanken und Fokussierungen und sie werden sehr einfach sein.

Frage: Also materialisieren wir aus unserem ICH BIN und sehen uns und den Menschen heil?

Ja, dies ist die Fokussierung der kristallinen und ordnenden Energien. Kompensiert sie! Es ist das Gold hier in eurer physischen Welt, das die höchste Form der Heilung darstellt. Es ist die manifestierte Form des Christuslichtes. Es ist das Gold. Ihr Menschenkinder behandelt das Gold wie das Christusbewusstsein. Ihr behandelt das Gold oft, wie ihr euch selbst behandelt. Ihr verschließt euch vor dem Gold, ihr lebt nicht in der Fülle.

Seht, dieses Metall, trägt die höchste Leitung der kristallinen Energien und Heilenergien! Dies entspricht dem großen Christuslicht. So verbindet stets die kristallinen Energien mit dem großen Christuslicht. Dies ist eure Heilung, dies ist eure Ordnung. Dies ist Ordnung und Heilung in all euren Körpern.

Frage: Es wird dann ja sehr einfach werden, wie du sagst. Wenn wir diesen Weg intensiv leben, wird es sehr einfach?

Oh, ja. Siehe, mein Sohn, das Licht kennt den Ausdruck kompliziert nicht. Alles ist frei und alles ist leicht, alles ist im freien Fluss. Dies entspricht eurer Fülle. Dies entspricht eurem Geburtsrecht. Die kristallinen Energien werden euch dienlich sein, sofern ihr eure Körper, eure Gedanken und Gefühle bemeistert habt.

Sie werden euch dienlich sein, denn sie werden Kristalle bilden. Kristalle bilden Materie. Ihr werdet mit der Kraft eurer Gedanken lichte Materie bilden. Es wird ein Übergang stattfinden. So werdet ihr zwei Welten erleben. Dies ist noch nicht im Jetzt und die Entscheidung ist noch nicht im Jetzt. Doch es ist bereits im Entstehen. Durch eure Gedanken, durch eure Dualität ist es am Entstehen.

Ein Übergang in zwei Reiche. Keines der Reiche wird untergehen und keines der Reiche wird aufsteigen. Sie kennen nur die Ganzheit und sie werden nur in Ganzheit aufsteigen.

Das eine Reich ist im freien Fluss mit Leichtigkeit. Das andere Reich in dichter Materie. Es ist nicht im freien Fluss. Ihr habt die freie Wahl, in welcher Form der Schwingung ihr lebt! Diese Form der Reiche sind keine Reiche der physischen Trennung.

Es sind die Reiche geschaffen von euch, innerhalb eurer Welt.

So werdet ihr viele Menschenkinder beobachten können. Ja, ihr werdet selbst den tiefen Wunsch verspüren, euch zurückzuziehen. Ihr werdet freies Land finden, um euch zurückzuziehen. Ihr werdet Häuser und Wohnstätten finden, um euch zurückzuziehen. Ihr werdet viele Möglichkeiten finden, um die tiefe Ruhe und die Kraft in euch zu finden. Jenseits, aller Turbulenzen im Außen. Doch ihr werdet allen anderen Menschenkindern helfen aufzusteigen, um selbst aufsteigen zu können, denn die physische Verbindung kennt nur die Ganzheit.

Frage: Ein Refugium? Ein Zufluchtsort? Den habe ich bereits gesehen!

Sehr viele Menschenkinder, mein Kind, sehen dies bereits. Sehr viele sehen dies bereits. Ihr seht, alle eure Fragen, sie werden euch beantwortet. All dies geschieht in einer schrittweisen Form. So lernt ihr.

Frage: Bitte erkläre uns, was ist der alles beseelende Geist?

Die Antwort lautet, mein Kind: Du bist die, die du bist. DU bist der, der du bist und du bist ein Teil des Ganzen. Wie alle Menschenkinder bist du ein Teil des alles beseelenden Geistes und der alles beseelende Geist spricht durch dich und durch euch, sofern ihr dies zulasst, denn ihr lebt nach der freien Wahl.

Es ist eine Form der Kanalisierung. Es ist der hohe Geist des Kollektives. Auch dein hoher Geist. Ihr nennt dies das höhere Selbst. Es ist auch in höheren Ebenen. Ihr nennt dies nach östlichen Lehren - Prana.

Anmerkung:
Prana kommt aus dem Sanskrit und bedeutet „atmen". Die Bedeutung ist das Leben oder die Lebenskraft. Prana ist nach den östlichen Lehren einer der sieben Bestandteile des Menschen, höher als der Körper, niedriger als der Ätherkörper. Oft steht Prana auch für die universelle Lebenskraft. Nach den östlichen Lehren löst sie sich nach dem physischen Tod in die kosmische Lebenskraft Chi auf. Der Sitz der Pranaenergie ist das Herzzentrum, die ICH-BIN-Schöpfergegenwart.

Siehe, es ist eine hohe Form des kollektiven Geistes. Es sucht nun Kanäle, um zu sprechen. Es ist der höhere Wille. Es ist die höhere Erkenntnis, eure höhere Erkenntnis, euer höherer Wille. Er spricht, mein Kind, durch dich. Erkenne die Gnade. Erkenne diese Gnade und erkennt diese Gnade in euch! Aktivert sie immer mehr. Viele, viele Menschenkinder werden dir folgen und wisse, sie werden alle sprechen. Nennt dies das Endziel.

Dies ist der Wunsch: Gebt diese Erkenntnis weiter. Sprecht im freien Fluss. Macht es anderen Menschenkindern begreiflich.

Ihr werdet noch eine Botschaft erhalten (siehe Christusbotschaft), meine Lieben. Ich werde mich nun zurückziehen.

Ich segne euch, umhülle und beschütze euch in meiner Schwingung
von Glauben und Vertrauen, Wahrheit und Klarheit und aus dem Mut des Schwertes.

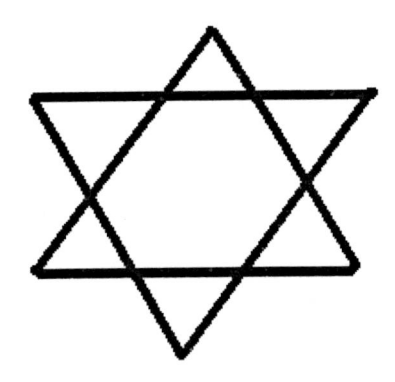

Die große Harmonie
am 08. und 09. November 2003

Dies ist einer der bedeutungsvollsten Momente in diesem neuen Zeitalter. Er öffnet ein großes Tor der Hilfe und der Liebe. Diese zwei Tage stellen ein großes Geschenk dar. Vieles wird sich ab diesem Datum schrittweise hier auf der Erde und in der gesamten Menschheit ändern.

Dies ist der „zweite Schritt" nach der harmonischen Konvergenz aus dem Jahr 1987 (siehe Band I)
Seit der harmonischen Konvergenz ist vieles geschehen: Eine positive Veränderung im Waldsterben, der kalte Krieg wurde beigelegt, viele Länder erfahren nun die Freiheit, der Westen und der Osten sind sich nähergekommen, Deutschland hat die Wiedervereinigung erfahren, viele politische Gefangene wurden befreit u.v.m.

Die Einleitung der großen Harmonie wird vieles bewirken.

Was meinte Erzengel Michael mit den Zeichen des Himmels?

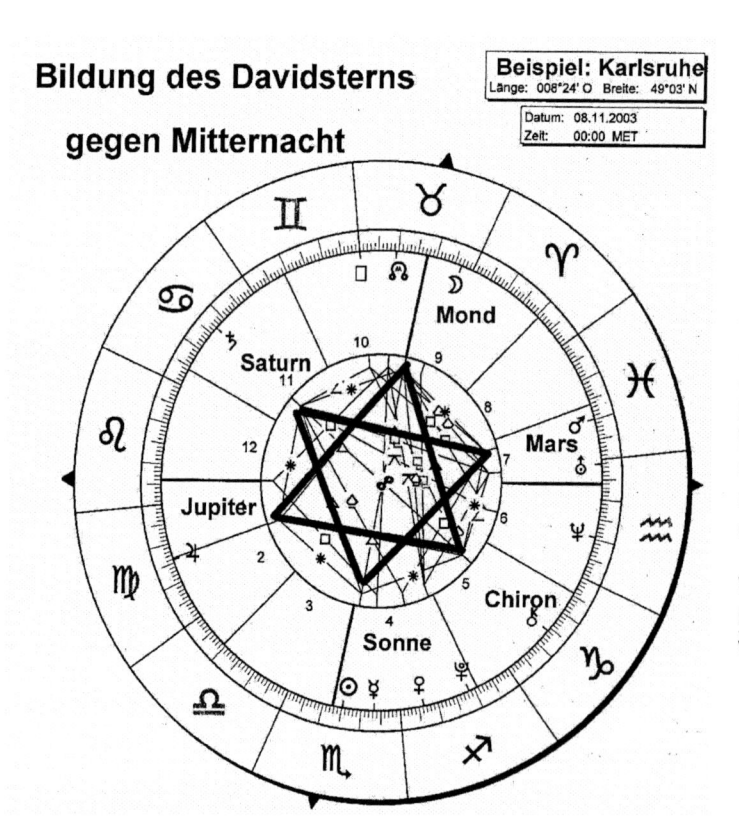

Bildung des Davidsterns gegen Mitternacht

Beispiel: Karlsruhe
Länge: 008°24' O Breite: 49°03' N
Datum: 08.11.2003
Zeit: 00:00 MET

Gegen Mitternacht bildete sich am 08.11.03 ein Davidstern. Diese Erscheinung ist höchst selten und kündigt etwas „Großes" an.

Die Zacken des Davidsterns stehen in den Planeten: Sonne, Mond, Mars, Jupiter, Saturn und Chiron. Aus irdischem Blickwinkel (astrologische Sichtweise) wird sich der Davidstern im Radixbild innerhalb eines Tages einmal drehen, bildet dabei einen Kristall (s. Abb. nächste Seite) und löst sich schrittweise auf.

Während dieser Zeit bilden sich immer wieder Rechtecke in Form von „Drachen".

Kristallbildung mittags

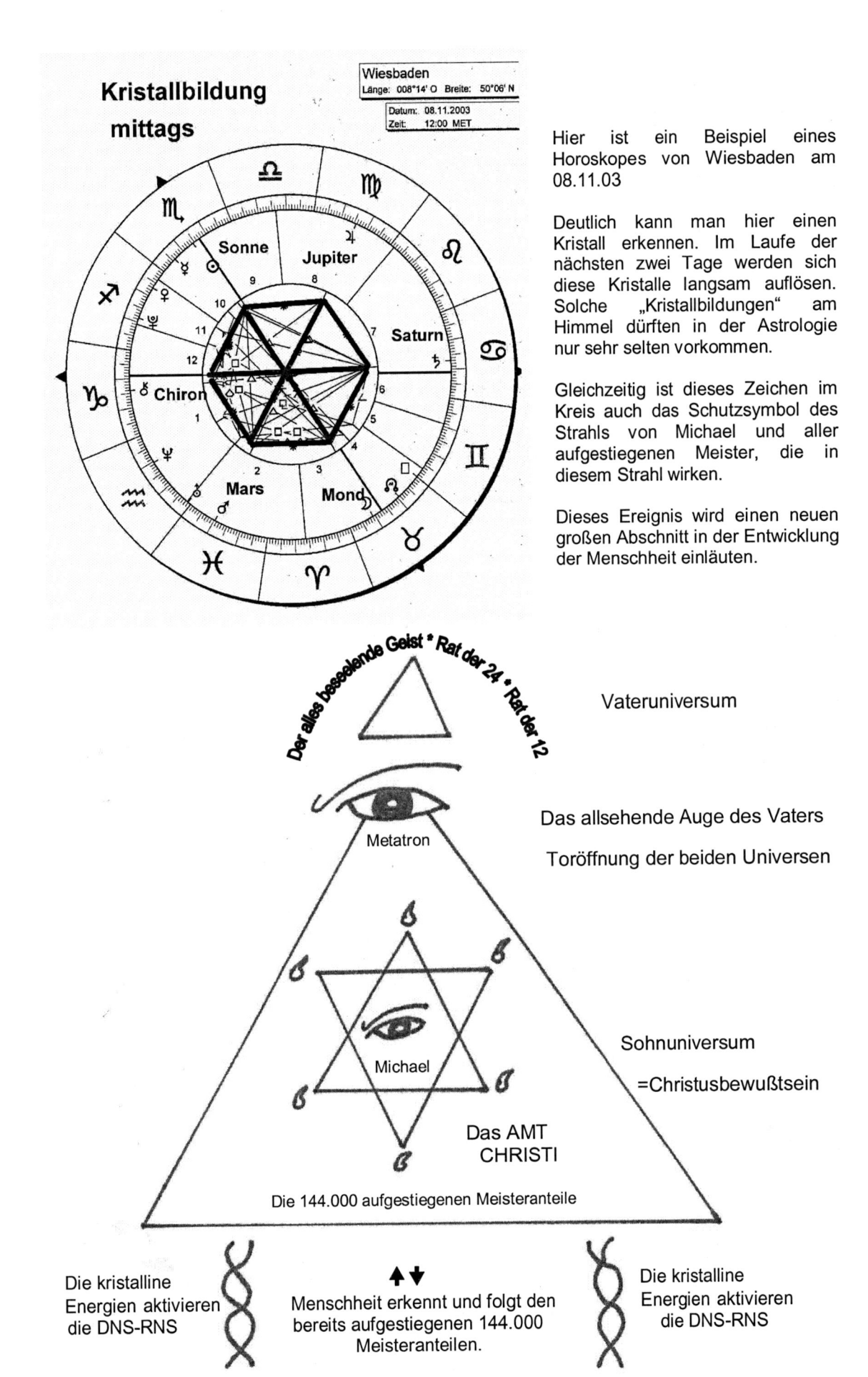

Wiesbaden
Länge: 008°14' O Breite: 50°06' N
Datum: 08.11.2003
Zeit: 12:00 MET

Hier ist ein Beispiel eines Horoskopes von Wiesbaden am 08.11.03

Deutlich kann man hier einen Kristall erkennen. Im Laufe der nächsten zwei Tage werden sich diese Kristalle langsam auflösen. Solche „Kristallbildungen" am Himmel dürften in der Astrologie nur sehr selten vorkommen.

Gleichzeitig ist dieses Zeichen im Kreis auch das Schutzsymbol des Strahls von Michael und aller aufgestiegenen Meister, die in diesem Strahl wirken.

Dieses Ereignis wird einen neuen großen Abschnitt in der Entwicklung der Menschheit einläuten.

Der alles beseelende Geist * Rat der 24 * Rat der 12

Vateruniversum

Das allsehende Auge des Vaters

Metatron

Toröffnung der beiden Universen

Michael

Sohnuniversum
=Christusbewußtsein

Das AMT CHRISTI

Die 144.000 aufgestiegenen Meisteranteile

Die kristalline Energien aktivieren die DNS-RNS

Menschheit erkennt und folgt den bereits aufgestiegenen 144.000 Meisteranteilen.

Die kristalline Energien aktivieren die DNS-RNS

Was meinte Erzengel Michael mit dem Drachen in uns?

... erkennt den Drachen in euch ...

Ich bin das unlöschbare Feuer und Kernpunkt aller Energien.
Ich bin das tapfere heroische Herz.
Ich bin Wahrheit und Licht.
Mein sind Macht und Ruhm.
Meine Gegenwart vertreibt alle dunklen Wolken.
Ich bin auserwählt, das Schicksal zu zähmen.
Ich bin der Drache.

(alte chinesische Überlieferung)

Das heißt für uns, den wahren Drachen in uns zu erkennen und nicht den Drachen und die Schlange zu verdammen. Das unlöschbare Feuer ist unsere Schöpfergegenwart. Wir sind Wahrheit und Licht. Die Wahrheit ist Liebe und diese erkennt die wahre Macht und den Ruhm des Lichtes. Sie lässt die Illusion unseres menschlichen Ausdrucks von Macht und Ruhm zersprengen. Wir sind auserwählt, um unser eigenes Schicksal zu besänftigen. Wir sind auserwählt, um das Schicksal durch unsere Selbstbemeisterung umzustimmen. Der wahre Drache ist in uns.

Was meinte Erzengel Michael mit der Deaktivierung der Schlange in uns?

... erkennt den großen Schutz durch die doppelte Pyramide. Erkennt den großen DAVID, denn ihr seid aus dem großem Geschlechte Davids. Aus dem Geschlecht, aus dem auch Jesus entstammt. Dies sind die kristallinen Energien in euch! Dies ist euer Kodex. Dies ist die Aktivierung und wie ihr es bezeichnen würdet - eine große Deaktivierung der Schlange in euch.

Mein ist die Weisheit von Äonen.
Der Schlüssel zu den Geheimnissen des Lebens.
Ich werfe meine Saat auf den Boden und hege sie beharrlich und zielbewusst.
Mein Visier ist unverrückbar. Mein Blick ist unbeirrt.
Unbeugsam, unergründlich und tief winde ich mich voran.
Ich bin die Schlange.
(alte chinesische Überlieferung)

Die Schlange steht für Gerissenheit, Intelligenz und auch für den menschlichen Verstand. Die wahre Schlange sollte nicht verdammt werden. Doch dies ist stets in vielen Schriften geschehen. Die **wahre** Schlange sät ihre Saat und wartet unbeirrt, bis die Ernte kommt. Die **falsche** Schlange windet sich in ihren Egogedanken und benutzt dabei stets unbeirrt einen Ausweg. Dabei behält sie alles Wissen für sich und teilt nicht, denn die **falsche** Schlange weiß genau, dass ihr dies unergründliche Macht und Reichtum verleiht. Diese **falsche** Schlange wird nun in uns deaktiviert, ihre Maske wird ihr schrittweise entnommen. Dies wird ihr nicht gefallen.

Die große Harmonie und die Aktivierung der kristallinen Energien und des Christusbewusstseins in uns

Diese zwei Erdentage und die damit verbundene Toröffnung wird die Einleitung in die große Harmonie auf der mErde herbeiführen. Dies ist nach dem großen Plan der „zweite Teil" der harmonischen Konvergenz, die 1987 stattfand. Schrittweise beginnt nun die Erhöhung der kristallinen Energien und der kosmischen Energien. Das Ende des Maskenballs ist eingeläutet worden. Vieles werden wir in uns erkennen. Dies wird zu einer großen Harmonisierung in uns führen. Viele Menschen werden nun den Zugang zu ihrem höheren Selbst und dem Christusbewusstsein erhalten. Alles wird nun leichter und schneller gehen.

Auf der anderen Seite werden blockierende Energien immer mehr ein Hindernis darstellen. Viele Menschen werden Hilfe benötigen, die alten Programmierungen und Blockaden zu transformieren.

Dies ist der Beginn, die bedingungslose Liebe und das Christusbewusstsein durch die innere Aktivierung in uns jetzt schrittweise und auf die Erde zu manifestieren.

Was bedeutet der Davidstern?

Der Davidstern symbolisiert den Durchbruch des Sichtbaren in das Unsichtbare.
Dies ist die größte Bedeutung für uns im JETZT.

Der Davidstern ist das Zeichen des Sohnuniversums und ist in der gleichen Schwingung wie das Christusbewusstsein. Aus diesem Grund wird auch der Davidstern mit dem Stern von Bethlehem gleichgestellt. Dieses Zeichen der doppelten Pyramide wurde schon in Atlantis angewendet und bedeutet die Vereingung, Ausdehnung und Rückführung von den Vaterenergien. Die Schöpfung atmet - ein und aus! (siehe Band I)

Dieses Zeichen entspricht allen kosmischen Gesetzen.

Es ist in gleicher Schwingung, wie das wahre Volk Israel, den unmittelbaren Nachfolgern der bereits aufgestiegenen 144.000. Überall dort, wo die Kinder des wahren Volkes Israel sind, wird der Stern am Himmel zu sehen sein, jeder wird die freie Wahl haben, diese Energien anzunehmen und anderen zu helfen, dasselbe zu tun.

Dieses Zeichen wurde im Rahmen unserer Dualität oft missbraucht. Dieser Missbrauch ist so alt wie unser Karmaspiel! Einer der größten Missbräuche an diesem Symbol fand während des 2. Weltkrieges statt. Jedes Gebäude, jeder Mensch, ja sogar jedes Kind wurde zum Tode verurteilt, wenn er dieses Zeichen trug.

Dies war, ist und wird der schwerste karmische Missbrauch sein, den es im JETZT zu transformieren gilt.

Nun ist das große mächtige Zeichen wieder am Himmel. Dies ist unser großes Geschenk zusammen mit allen Energien, die nun einfliessen werden.

Nochmals: Die kristallinen Energien heißen so, weil sie in uns Aktivierungen hervorrufen, die Kristalle bilden. Diese Kristalle und die kosmischen Energien werden schrittweise alle Blockaden lösen und die Kristalle in unserer DNS aktivieren.

Durch diese Aktivierung der Kristalle werden wir schrittweise die Fokussierung unserer Gedankenkraft erlernen und bemeistern, so dass wir aus diesen ätherischen Kristallen in der Zukunft lichte Materie materialisieren können.

Die Botschaft von Christus:
Lasst alle den hohen Geist sprechen

*Gott zum Grußen, meine Lieben. Ich grüße euch aus meinem ganzen Sein.
Umhülle euch, beschütze euch, wo immer ich bin.*

ICH BIN DER ICH BIN.

Meinen Frieden für eure Herzen. Meinen Segen für eure Herzen. Dies ist der tiefe innere Wunsch des alles beseelenden Geistes. Dies ist der Geist des Vaters und wisst, so reiche ich euch meine Hände.

ICH BIN in euch, ihr seid der Ausdruck von MIR.
ICH BIN das CHRISTUSLICHT in euch.

Ohne das Christuslicht seid ihr nichts. Dies ist der hohe Geist in euch. Dies ist, was stets gemeint ist, mit dem hohen Geist, meine Lieben.
Lest im großen Buch der Bücher (heilige Schriften), lest in den alten Schriften und ihr werdet finden: so sprach der hohe Geist durch mich.

Der hohe Geist sprach auch in meiner Inkarnation, in meiner Erdenverkörperung.

Siehe, mein Kind, der hohe Geist spricht durch dich. So nimm das Buch der Bücher, schlage es auf und du erkennst dein Werk. Du erkennst deine Tätigkeit.
Schlage auf die Bücher. Schlage auf die Bücher der Apostel: und der hohe Geist sprach.

Dies ist der hohe Geist, der alles beseelende Geist. Dies ist auch die INTUITION in euch. Dies sind die Antworten in euch.

So ist es mein Wunsch, gebt dieses Wissen der Sprache weiter. Gebt es weiter. Ihr seid ein Teil des Ganzen. Dies ist keine Gabe, dies ist in euch!!! Dies ist eure wahre Sprache, dies ist das wahre WORT!

Das WORT des Vaters, das WORT der Mutter, das WORT der Schöpfung.

Ihr seid die Schöpfung und alles agiert durch euch. Denn seht, ich spreche durch ihn, alles wirkt aus sich selbst heraus. Siehe, so sprichst du mit deinem hohen Geist, und der hohe Geist fließt, nicht wahr? Der hohe Geist fließt, er spricht nicht, er fließt. So habt Vertrauen, habe Vertrauen. Lebe im Vertrauen.

Es ist auch das ICH, das fließt.
Das ICH ist der JESUS. Es ist meine Erdenverkörperung.
Es ist das ICH BIN, es ist euer hohes Bewusstsein.
Die großen Herzensenergien sind die Überseelung - die Sananda-Energien.
So hört auf diese WORTe: das ICH ist der JESUS in euch.
Das ICH BIN ist der CHRISTUS in euch.
Die bedingungslose Liebe aus euren Herzen
sind meine Sananda-Energien.

Schreibt dies nieder. Verbreitet diese Schriften. Dies ist meine Offenbarung. Dies ist mein WORT. Denn ICH BIN im WORT.

So seid im WORT und lasst es fließen. Gebt das Wissen weiter. Wenn alle Menschenkinder aus dem hohen Geist sprechen, seht, welche Welt werden wir dann haben!

Ich sage euch: Welten in Welten. Welten der Liebe. Welten der Weisheit und alle werden sprechen. Alle werden durch ihren hohen Geist sprechen und alles wird frei fließen.
Es wird mit Leichtigkeit frei fließen. Alles, was euch blockiert, wird nicht mehr sein.

>Die Trauer wird nicht mehr sein.
>Der Schmerz wird nicht mehr sein.
>Ja, der Tod wird nicht mehr sein.
>Alles wird frei fließen.

Die Herzen sind dann für den hohen Geist geöffnet. Der Mund ist geöffnet und aus dem Mund kommt kein zweigeteiltes Schwert. Es spricht die Wahrheit. Die Wahrheit ist Liebe. Die Wahrheit ist Liebe. Alles ist im WORT, im WORT des hohen Geistes.

So lebt in der Liebe und im WORT. Verbindet euch mit dem hohen Geist und lasst ihn frei fließen. Gebt dann dieses Wissen weiter. Sprecht. Es ist mein Wille: sprecht, sprecht in eurer Öffentlichkeit. Sprecht, ihr braucht es ihnen nicht zu beweisen. Lebt es und sprecht mit dem hohen Geist. Schließt die Augen und sprecht. Was kann euch passieren? NICHTS!!!

Der hohe Geist wird sprechen. Er kennt nur die Wahrheit und die Wahrheit ist Liebe. Alle werden es erkennen! Lasst den hohen Geist sprechen. Lasst alle Münder den hohen Geist sprechen.

Sprecht; sprecht mit dem hohen Geist. Denn der hohe Geist sprach auf dem Berg. Siehe, ich war das Werkzeug meines hohen Geistes. So lest, lest das WORT. Lest das WORT. Es enthält alle Wahrheiten. Und die Wahrheit ist LIEBE.

Das WORT des Berges, auf dem ich stand. Ihr nennt es Bergpredigt. Wahrlich, es sind die Lehren der LIEBE und der WAHRHEIT und es ist eure freie Wahl.

>Es existieren viele Berge!

>Lasst den hohen Geist sprechen. DIES IST MeiN WILLE!
>Und so verneige ich mich vor eurem hohen Geist.

>Ich segne euch, umhülle euch, beschütze euch, wo immer ich bin.
>Ich hülle euch ein in meine Herzensenergien.
>Hülle euch ein in meine goldenen Energien.
>In alle Energien des Vaters und der Mutter.
>Ich segne euch.
>ICH LIEBE EUCH.

Zusammenfassung
Ein Wegweiser um die Gnade zu erfahren
Was heißt die Gnade erfahren?

Die Gnade erfahren bedeutet, die Zusammenhänge der kosmischen Gesetze zu verstehen und anzuerkennen.

Die Gnade erfahren bedeutet, die sieben karmischen Verstrickungen und alle Kontrollmechanismen in uns zu transformieren.

Die Gnade erfahren bedeutet, das reinigende Gesetz des Äthers zu erkennen und das Gesetz der freien Wahl zu beachten.

Die Gnade erfahren bedeutet, die Transformation anwenden zu dürfen. Dieses Wissen wurde uns tausende von Jahren vorenthalten und wird nun im Wassermannzeitalter wieder freigegeben. Dies ist die höchste Form der Gnade und der Schlüssel zur Wandlung ins Licht.

Die Gnade erfahren bedeutet, die Zusammenhänge der zwölf Familien zu verstehen, so dass man seine eigene Generation und die gesamte Linie ordnen und heilen kann.

Die Gnade erfahren bedeutet, die Wahl der lichten Materie, die Entscheidung zu treffen, alle Arten der Illusion zu erkennen und in Fülle und Leichtigkeit zu leben. Es bedeutet auch, die schrittweise Bemeisterung der Materie.

Die Gnade erfahren bedeutet, dass ICH BIN und die eigene Schöpfergegenwart zu erkennen. Du bist ein Teil und ein Ausdruck Gottes. Du bist Schöpfer und Geist und ein göttliches, inkarniertes Lichtwesen.

Die Gnade erfahren bedeutet, endlich den Frieden zu finden und sich von der Illusion vom „Bösen" zu befreien. Das ist wahre Freiheit ohne Angst und Leid.

Die Gnade erfahren bedeutet, die eigene Maske abzunehmen, die Masken anderer Menschen zu erkennen und nicht zu bewerten oder sogar zu richten.

Die Gnade erfahren bedeutet, die freie Wahl zu haben das eigene Vierkörper-System heilen, ordnen und transformieren zu dürfen, um somit die hohen kosmischen Energien die im JETZT fließen, aufnehmen zu können.

Die Gnade erfahren bedeutet, durch den Frequenzausgleich besser mit den hohen Frequenzen zurechtzukommen.

Die Gnade erfahren bedeutet, sich mit dem höheren Selbst zu verbinden und den göttlichen Plan zu erkennen. Wir sind alle ein wichtiger Teil davon.

Die Gnade erfahren bedeutet, die großen Geschenke des Kosmos zu erkennen und dankbar anzunehmen. Durch die harmonische Konvergenz in 1987 wurde bereits viel bewirkt, doch durch die große Harmonie vom 08.und 09. November 2003 wurde ein großes Tor geöffnet: Die Aktivierung des freien Flusses der kristallinen Energien und der Christusenergie in uns. Wir haben die freie Wahl sie aufzunehmen.

Die Gnade erfahren bedeutet, die hohe Liebe des Davidsterns zu erkennen, der sich am Himmel zeigte.

Die Gnade erfahren bedeutet, sich selbst und anderen zu helfen, um den Weg der bedingungslosen Liebe auf Erden nun schrittweise umzusetzen!

Die Gnade erfahren bedeutet, Neuzeitkinder (Indigokinder), die kristallinen Kinder der Gnade und der Liebe hier auf der Erde zu haben. Sie dienen unserer eigenen Befreiung aus Karma. Behandelt sie deshalb mit Respekt und viel Liebe!

ES WERDE Licht in allen Angelegenheiten!

Das Lichtzentrum
Verlag & Versandhandel

Bestellung unter: Fax: **(+49) 06124 – 72 58 41**
Email: info@das-lichtzentrum.de

Onlineshop:
www.das-lichtzentrum.de

Verlagsverzeichnis

Übergang in die neuen Energien Band I
inklusiv Meditations CD

Dieses gechannelte Buch umfasst folgende Themen:

Was ist die geistige Lichtwelt?
In welchem Bezug stehen wir mit der Quelle allen Lebens?
Was ist der Unterschied zwischen alter und neuer Energie?
Wie sind Lemuria und Atlantis entstanden und welche Verbindung besteht noch?
Wie ist das Gesetz von Karma entstanden und wie lösen wir uns endgültig daraus?
Was bedeutet das Resonanzgesetz für mich und wie wende ich es in meinem Alltag an? Wie kann ich den Transformationsprozess für mich leicht verständlich erkennen und in meinem alltäglichen Leben integrieren?
Wie kann ich diese alt atlantischen Techniken anwenden und diese großen Geschenke und Hintergründe des großen goldenen Zeitalters für mich verstehen?
Das Buch erklärt leicht verständlich und ausführlich den Transformationsprozess, die hilfreichen Techniken dazu und viele Hintergründe dieses neuen goldenen Zeitalters.
Das Buch enthält **ausführliche Ansprachen und Antworten** auf sehr viele allgemeine Fragen, die **im Laufe von Gruppenchannelings von Teilnehmern gestellt wurden**. Sie sind eine große Hilfe für uns alle. Außerdem enthält es **Meditationsübungen, Auflösungen, Transformationstipps und liebevolle Anleitungen**, die uns in diesen speziellen Zeiten helfen werden. Es enthält Botschaften von **Christus, Sananda, Erzengel Michael, Erzengel Raphael, Saint Germain, Ashtar, Vywamus und Zirkana**.

Kurzum: **ein kompletter spiritueller Ratgeber** in allen Lebenslagen in dieser besonderen Zeit.

Softcover DIN A 4 mit 144 Seiten inklusiv Meditations-CD
Preis: 24,50 Euro [D] 25,20 Euro [A] 39,50 CHF

Eintracht der Erde Band III
inklusiv Meditations CD

Dieses gechannelte Buch umfasst folgende Themen:

Eintracht der fünf Sprachen und Religionen Erkenntnis und Transzendierung vom ICH-BIN-Bewusstsein in das WIR-SIND-Bewusstsein. Erläuterung von aktuellen Kornkreissymbolen und ihre Bedeutung für uns. Was bedeutet das Pentagramm am Himmel von 2004?

Softcover DIN A 4 mit 120Seiten inklusiv Meditations-CD
Preis: 24,50 Euro [D] 25,20 Euro [A] 39,50 CHF

Verlagsverzeichnis

Botschaften für Deinen Lichtweg Band IV
inklusiv Meditations CD

Dieses gechannelte Buch umfasst folgende Themen:

Was ist das "neue" WIR-SIND-Bewusstsein? Aus der Essenz aller bisherigen Durchsagen sind in diesem Buch Antworten entstanden, die in allen Lebenslagen helfen können. Einfach sich selbst eine Frage stellen - konzentrieren - und die jeweilige Seite mit Antwort und Afffirmation aufschlagen.

Softcover DIN A 4 mit 144 Seiten inklusiv Meditations-CD
Preis: 24,50 Euro [D] 25,20 Euro [A] 39,50 CHF

Botschaften des Lichtes und der Liebe

Diese Meditations-CDs sind als Live-Mitschnitt aus gechannelten Lichtkreismeditationen entstanden. Jede etwa 50-minütige CD enthält eine einleitende weltanschauliche Botschaft, die uns neue Bewusstseinsschritte auf Herzebene übermittelt. Im Anschluss folgt eine von der jeweiligen Lichtwesenheit geführte Meditation, um die Botschaften des Lichtes und der Liebe im Herzen verstehen und integrieren zu können.

Teil 1
Botschaft von Ashta
Botschaft von Mutter Maria
Botschaft von Saint Germain I
Botschaft von Christus

Teil 2
Botschaft von Vywamus
Botschaft von Saint Germain II
Botschaft von Kuthumi
Botschaft von Zirkana

neu: **Erzengel Raphael vom Januar 2005**
     Sananda vom Februar 2005

Preis pro CD: 12,50   20,00 CHF
CD 4-er Box Teil 1 48,00   76,00 CHF
CD 4-er Box Teil 2 48,00   76,00 CHF